한국 희곡 명작선 120

정으래비

한국 희곡 명작선 120

정으래비

최기우

평민사

최기우

정으래비

등장인물

○ 정여립, 선조, 정철, 송익필, 걸쇠(박서방), 김포졸, 남포졸

○ 정언신·이발·이산해·이경진·윤인수·유전(대신)

○ 지함두·의연·향이·정옥남(대동계원)

○ 고무래·희뜩머룩이·악도리·숫돌이마·버들고리·서푼이(걸인)

○ 어린 정여립, 백정, 대동계원1·2·3, 포졸들

※ 프롤로그·1막에 나오는 대신·대동계원 등의 배우는 2막·3막·
   에필로그에서 걸인 등 다양한 역으로 다시 출연(1인 다역)해도
   좋다.

때·곳

기축옥사(1589년) 전·후 2~4년, 조선 시대 전주와 진안, 한양

구성

프롤로그〈정여립과 선조〉
1막〈대동세상〉
　　1장〈목자망 전읍흥〉
　　2장〈올가미〉
　　3장〈천하의 천하〉
　　4장〈죄를 아뢰오〉
2막〈살아도 산 것이 없고…〉
　　1장〈발칙한 비렁뱅이들〉
　　2장〈무덤 위에 원숭이〉
　　3장〈복사꽃 피니 세상이 끝나〉
3막〈정여립의 그림자〉
　　1장〈미친 세상에서〉
　　2장〈불길이 일고〉
에필로그〈내가 정여립이오〉

공연 내용

희곡「정으래비」는 2004년 10월 2일과 3일 한국소리문화의전당
연지홀 무대에 올랐다. 연출 류경호, 제작 창작극회.

프롤로그 〈정여립과 선조〉

O 조정. 무대 오른쪽 밝아지면 상소를 읽고 있는 선조가 있다. 정
여립의 목소리로 상소가 읽힌다. 선조의 표정 변화가 다양하다.
상소 읽기가 절반을 넘어서면 무대 왼쪽 밝아진다. 정여립이 조
아리고 있다. (1584년 4월 선조와의 독대)

정여립　갑신년 봄, 나랏일이 어렵고 염려스러운데 안으로 선비의
무리가 흩어져 하나를 이루지 못하고, 밖으로는 곧 큰 싸
움이 일어나려 하니 신과 같이 어리석고 재빠르지 못한
사람이 홍문관 수찬의 직무를 수행하는 것은 조정의 안위
에 도움이 되지 않을까 걱정되옵니다.

선 조　정녕 그러하오?

정여립　그렇사옵니다.

선 조　이조판서 이이의 천거로 정6품 홍문관 수찬으로 봉했거
늘 그대는 어찌 조정의 뜻을 거스르려는 것인가?

정여립　지금 벼슬아치들은 붕당을 만들어 실로 고치기 어려운 큰
환란을 예고하고 있사옵니다. 동서로 분당이 된 조정은
대신들끼리 서로를 모함하고 비난하면서 국정을 소홀히
하는 까닭에 곳곳에 탐관오리가 들끓고, 국가재정도 고갈
됐습니다.

선 조 그대는 참으로 당당한 모양이구려.

정여립 소신은 고향 전주부로 돌아가 나라에 힘을 보탤 후학을 거두겠나이다.

선 조 후학? 후학이라! (방백으로) 지금 들녘에는 보리가 여물었을 테지. 알알이 여문 보리도 거두지 않는다면 썩어버리고 말 것이야. (호령하며) 스스로 벼슬을 내놓겠다고 상소하였으니, 기꺼이 그대의 청을 받겠다.

○ 선조가 용포를 힘차게 날리며 돌아선다. 잠시 암전.
○ 무대 중앙에 불이 켜지면 이경진·윤인수가 있다. 정여립·이발이 들어와 반대편에 앉는다. (1585년 4월·5월 경연장의 갈등)

선 조 (대신들 사이로 들어오며) 지난 경연에서 송응개, 허봉, 박근원이 이이를 거간(巨奸)이라 하였는데, 이가 과연 간특한가?

이 발 율곡이 비록 간인은 아니지만, 진실로 경솔한 사람입니다. 다른 사람 말은 듣지 않고 자기 의견만을 옳다 하니 나랏일을 더 맡았다면 끝내 그르치는 일이 있었을 것입니다.

정여립 율곡은 나라를 그르친 소인이며, 박순은 간사한 무리의 괴수이고, 성혼은 그 무리의 편을 들어서 상소를 올렸습니다. 이는 임금을 속이는 일이옵니다.

선 조 이이는 나라의 앞날을 걱정하여 조정 신료들을 공평하게 말하려고 하지 않았소?

정여립 율곡은 시국을 수습하기에 급급했을 뿐이옵니다. 그의 조정책은 문제 해결은 고사하고, 분열을 부채질한 꼴이 되고 말았습니다.

선 조 이이의 조정 노력이 명철한 해안과 식견을 지닌 것이 아니라, 결국 분당을 재촉하는 꼴이 되었다?

이경진 정여립은 율곡의 생전에 그를 성인으로 칭하였다가 이제는 나라를 잘못 이끈 소인으로 매도하고 있사옵니다.

선 조 파쟁(派爭)을 잠재우려 했던 이이의 노력을 알고 있거늘 (정여립 보며) 그대는 어찌하여 이이를 음해하는가?

정여립 신이 성혼을 찾아가 율곡과 절교했다고 말하면서 간인들을 편들어 임금을 속인 죄를 질책하니 성혼은 이의 없이 죄를 자명 자복하였사옵니다.

선 조 이이는 수찬의 스승 아닌가? 각별한 후원과 촉망을 받은 것으로 아는데, 지금에는 어찌하여 이런 말을 하는가?

정여립 율곡의 학문이 깊고 넓은 것은 사실이오나, 실로 그는 당쟁의 중심에 있었습니다.

선 조 사심이 담기지 않은 그대의 마음이오?

정여립 애초에 그의 심술을 몰랐다가 나중에야 알고서 죽기 전에 절교하였습니다.

윤인수 정여립의 말은 실로 스승을 배신한 처사이옵니다. 지금 호남과 해서 지방에서 홍문관 수찬을 척결하라는 유생들의 상소가 빗발치고 있습니다.

정여립 호남은 박순의 고향이고 해서는 율곡이 살던 곳이니 그 지방 유생들의 상소는 두 사람의 사주에 의한 것으로 공론이라 할 수 없습니다.

이경진 (서찰을 전하며) 전하, 이것을 보시옵소서. 수찬이 예조좌랑으로 있던 계미년, 백부 율곡에게 보낸 서찰이옵니다.

윤인수 (상소를 전하며) 전하, 이것도 함께 살피시옵소서. 의주목사 서익이 보낸 상소이옵니다.

ㅇ 선조가 서찰과 상소를 읽는 사이 대신들의 말이 이어진다.

이경진 수찬은 스승을 배반할 정도로 행동의 앞뒤가 의심스러운 사람이옵니다.

선 조 스승을 배반한 제자라.

정여립 전하, 저는 그 편지에서 율곡을 스승이 아니라, 존형의 예로 표현하였사옵니다. 소신과 율곡의 연배도 스승의 예를 칭할 정도는 아니옵니다.

선 조 그 말이 자못 의심스럽다.

윤인수 정여립은 한마디의 말도 믿을 수 없는 사람이옵니다.

선 조 (방백으로) 지금도 지난해 이맘때처럼 보리가 팼겠군.

정여립 전하, 신의 말을 조금만 더 들어주시옵소서.

선 조 그대는 잘못된 말을 해도 감히 대적하지 못할 정도로 언변이 능수능란하다고 들었소. 그런데 내가 어찌 그대와 경연을 논할 수 있겠소.

이 발 홍문관 수찬이 단지 자신의 영달만을 위해 율곡을 배반하고 서인에게 등을 돌렸다는 주장은 좀 더 신중하게 검토

하심이 옳을 줄로 아룁니다.

선 조 무고가 아니란 말인가? (방백으로) 까칠까칠한 보리는 망종까지 모두 베야 논에 벼도 심고 밭갈이도 할 수 있겠지.

이 발 어진 임금은 인재를 애용하여 제각기 그 직무에 합당하게 썼으며, 선비를 중히 여기어 혹 헐뜯는 자가 있어도 반드시 곡진하게 보호하셨사옵니다. 홍문관 수찬에 대한 상소도 마찬가지이옵니다.

선 조 그만! 측량할 수 없는 것이 사람의 말이라고 했거늘. 수찬, 그대는 송나라 형노와 같은 사람이구려.

정여립 전하, 예로 나라의 기강을 세워 군신 사이를 바르게 하고…. (두 손으로 땅을 짚은 채 임금의 얼굴을 똑바로 바라보며) 신이 지금부터 다시는 천안(天眼)을 뵐 수 없겠습니다.

선 조 (상소를 툭 던지고) 꼴도 보기 싫다. 벼슬을 내놓고 낙향해 근신하라.

ㅇ 어두워진다.

ㅇ 기합과 환호. 많은 사람이 수련하는 현장의 분주하고 흥겨운 소리가 들린다.

1막 〈대동세상〉
1장 〈목자망 전읍흥〉

○ 1589년 가을, 가까이 천반산이 보이는 죽도. 병풍바위가 삐죽하
   고, 산죽이 많다. '大同(대동)'이 쓰인 깃발이 곳곳에서 펄럭인다.
○ 깃발을 든 정옥남이 활을 든 대동계원들과 나온다.

대동계원들 (한곳을 향해 인사하며) 죽도 선생님, 진지 자셨습니까?

대동계원1 오늘은 이 화살을 꼭 과녁 한가운데 때려 박겠습니다요.

대동계원2 기대하지 마십시오. 요놈은 말만 앞서지 않습니까.

대동계원3 이보시게. 차라리 지나가던 사슴이 저 절벽 위에 올라가
서 해금을 켜거든 그것이나 듣고 있게. 오늘 회합에서 장
원은 내가 헐라네.

○ 정옥남과 계원들이 '목자망 전읍흥 상생모총 가주위주~' 하며 뛰
   어나간다.
○ 정여립이 향이와 함께 나온다. 계원들이 사라진 곳을 보며 흡족
   한 미소를 짓는다.

정여립 (큰 소리로) 모두 명중하시기 바랍니다. 오늘이면 벌써 열
번째 회합이 아닙니까.

향 이 오늘은 잘 쏠 수 있을까요?

정여립 힘들겠지. 허나, 그게 무슨 대순가. 함께 모여 호기롭게 살면 됐지.

향 이 옳습니다. (손을 들어 바람을 느끼고) 소슬바람이 가을의 입김을 담고 있어요.

정여립 진안은 구구절절 산이요, 물이야. 조금만 발길을 돌려도 맑은 물이 반기고, 물을 건넜다 싶으면 산이 앞에 나서는구나.

향 이 대감, 이 노래 들어보셨습니까? '목자망 전읍홍 상생모총 가주위주~'

정여립 향이 너도 들었느냐?

향 이 만백성이 흥얼거리는 가락을 어찌 모르겠사오이까.

정여립 세상이 어지러우니 별스러운 것들이 떠다니는구나.

향 이 이 노래는 들어보셨요? '전읍삼녀섰도다~'

정여립 (모른 척하며 시를 읊고) 나그네가 되어 남쪽 지방을 두루 돌아보았지만, 이곳에 와서야 비로소 눈이 처음 열린 듯하다. 무(戊)와 기(己) 양년에 좋은 운이 시작될 것이니, 어찌 태평한 세월이 어렵다고만 하겠는가.

ㅇ 정여립이 시를 읊고 있을 때, 지함두와 의연이 나온다.

의 연 죽도 선생의 시제는 언제나 변함없으시군요.

O 정여립이 지함두와 의연의 손을 잡고 반갑게 맞는다.

정여립   변승복은 어찌 오지 않았소?

지함두   맘 바꾸었시요. (모두 놀라면) 농이우다. 우스갯소리란 말이
           우. 변가 놈은 나에게 먼저 가라고 하더이다.

향 이   열흘이 멀다고 술잔을 나누면서도 그리 반가우십니까?

지함두   향이 네가 사내의 깊은 속을 어찌 알겠누?

향 이   제가 어찌 사내의 속을 모르리까.

지함두   그렇구나야. 사내 속은 향이 네가 제일 잘 알겠구나야. 하
           하하.

의 연   죽도 선생, '전읍삼녀섰도다~'라는 노래를 들어보셨소?

향 이   지금 막 그 노래를 말하려던 참이었습니다.

정여립   전읍삼녀섰도다!

의 연   전읍삼녀는 정도령이 새로운 세상을 세운다는 참구이고,
           섰다는 바로 섰다, 우뚝 섰다, 인데.

지함두   바로 서서 무얼 할꼬? 뭐하긴. 임금과 간신들 멱살을 잡아
           야디. 하하하.

정여립   머지않아 아기장수라도 태어날 모양일세. 하하하. 요즘 황
           해도는 어떤가?

지함두   황해도는 거라지, 거렁뱅이 판이라우요. 곡석 한 알에 부
           모 귀때기를 때릴 형편이우다.

정여립   몇 해 동안 큰 가뭄에 병충해마저 극심했으니 유린 걸식
           하는 백성이 오죽하려고….

의 연 어디 황해도뿐입니까? 백성들은 평상심을 잃어버리고, 군사는 장부에만 기재돼 있으며, 안으로는 저축이 바닥났고, 밖으로는 변란이 잇따르고 있습니다. 사론은 분열되고 기강은 무너지고 있소.

정여립 나도 구월산을 다녀오던 길에 민심이 이반하고 있음을 확인했소.

의 연 구월산은 어떠셨는지?

정여립 큰일을 도모하기에 알맞은 곳이었소. 30여 년 전 임꺽정이 그곳을 거점으로 새로운 세상을 열고자 했던 뜻을 알겠더이다.

의 연 그래서 아사달 산이라고도 하지요. 국조 단군이 말년을 보냈다는 전설도 있지 않습니까. 지금도 선조의 실정에 반발한 백성들은 새로운 세상을 기다리고 있습니다.

지함두 지난번에 황해도사로 가겠다고 청을 넣은 것은 어찌 되었소?

정여립 일거에 거절당했다오.

지함두 그냥 함 깨부시라요.

의 연 황해도는 지공과 변승복이 있지 않습니까. 게다가 길삼봉이 있으니 얼마나 다행입니까.

정여립 그렇지, 길삼봉! 그가 있으니 무리는 없겠네.

지함두 황해도와 평안도 관원들은 길삼봉이 이름만 들어도 오줌을 싼다우.

의 연 지난밤 천문을 보니 전주 남문 밖에서 새로운 왕기가 솟고 있더이다.

향 이　죽도의 기운은 어떤지요?

의 연　두말할 것 있습니까?

향 이　이곳은 전주, 금구, 태인 등에서 청년들이 몰려들고 있습니다.

의 연　남원을 기점으로 지리산 인근 세력도 곧 규합될 것 같습니다.

지함두　황해도에서도 명을 기다리고 있다우.

향 이　그나저나 대동계에 몰려드는 장정의 수가 많아 식량이 바닥날 지경입니다.

정여립　세상이 어지러울수록 대동의 힘을 찾아 죽도로 몰려드니, 이를 걱정해야 할 것인지 좋아해야 할 것인지도 모르겠소.

의 연　모두 다 생각하기 나름 아니겠습니까.

정여립　수령들에게 또 먹거리를 청하는 것도 미안한데, 이를 어쩐다.

향 이　다음 보름 향사회에서 사냥대회를 여는 것은 어떻겠습니까?

지함두　좋은 생각이우다. 식량도 해결하고 모처럼 고기를 먹으니 더 좋우다. 헌데, 의연만 외롭지 않겠음?

의 연　그대가 멧돼지를 잡아주면 되지 않소. 불가의 몸으로 고기는 안 먹지만, 성계육은 먹소. 내가 당취아니오.

정여립　스스로 당취라고 떠드는 자는 그대밖에 없을 것이오.

지함두　대체 당취는 뭐고 성계육은 또 뭐라우요?

향 이 당취는 구월산에 산다는 산적들 아닙니까?

지함두 산적이우, 중이우?

의 연 중이고 산적이오. 아니오, 산적이고 중이오, 땡중.

향 이 저는 성계육의 출처가 궁금합니다.

의 연 태조 이성계가 을유생 돼지띠이니, 조선이 망하게 해달라고 부처님께 기도를 드리려면 돼지고기를 씹으면서 해야 하지 않겠소.

지함두 돼지고기를 씹는 것이 이성계를 씹는 것이다? 거 참, 괘씸한 땡초이우다. 고기가 먹고 싶으면 그냥 먹지, 참 별스런 핑계도 다 있소. 태조대왕이 나랑 띠동갑인데, 내 살은 어떠우?

의 연 비계 많은 고기는 싫소. 허허. (진지하게) 나는 미륵이 도래하는 그날까지 활시위를 당기며 세상을 바꿀 것이오.

○ 지함두가 가슴 자락에서 헝겊으로 겹겹이 싼 책 한 권을 꺼낸다.

지함두 이것 보시라우요. 불망록(不忘錄)이 묵직해졌소우다.

○ 의연은 주위를 살피고, 정여립은 향이를 내보낸다.

의 연 이번 나들이는 수확이 어떻소?

지함두 순천 환선정에서 전라감사 이광의 필서를 받았고, 장흥 문희개의 친필도 있수다.

정여립	수고하셨소.
지함두	전라감사를 만나려는데 군사 놈들이 들여보내 주지 않아서 애를 먹었수다.
정여립	익히 들어 알고 있소. 전라감사를 찾아가 받은 것이 아니라, 전라감사에게 끌려가 받았다고 하더이다. 맞소?
지함두	못된 말이 천 리를 간다더니만, 내 걸음을 소상히 알고 있소우다. 내 차림이 괴상망측하니 문지기들이 막지 않겠소. 가만있자, 어떻게든 전라감사 만나서 편지를 보여주고, 불망록에 그의 친필을 받으면 되지 않소. 그래서 큰 갓을 쓰고 나귀를 탄 채 군사를 사열하는 전라감사 앞을 지났지비.
의 연	그러니 졸개들에게 끌려가 전라감사 앞에 꿇려 앉혀졌고.
정여립	감사가 그대를 어찌 대하던가?
지함두	극진하더이다. 죽도 선생 편지를 받고서는 예를 갖추고, 나를 도력 높은 도사로 대접 했지비.
정여립	만나는 사람마다 시 한 편을 남겨 준다던데, 이번엔 무슨 문장이었소?
지함두	(짐짓 무게를 잡고 시를 읊듯) 해동의 궁벽한데 살아 경전을 겨우 통하였는데, 내 어찌 알았간. 오늘날 이런 치욕을 당할 줄. 야, 나한테 욕한 놈들 다 나오라!

o 모두 크게 웃는다.

정여립 이 책은 소중하게 간직해야 하오. 혹 생각을 달리 한 자가 본다면 살생부가 될 수도 있소.

지함두 당연한 말씀이우다.

정여립 우리 세력이 커질수록 우리를 바라보는 시선도 고약해질 것이오.

의 연 혹시, 남쪽 백성을 북쪽 땅으로 이주시킨다는 소문을 들으셨는지요?

지함두 임금이 힐난 받을 일을 또 하우다.

정여립 기회가 너무 완벽하니, 오히려 불안한 마음이 드네.

의 연 그렇지 않아도 그걸 상의하고 싶었습니다. 이런저런 소문이 난무하여 지금은 일을 그르치기 십상이오다.

정여립 결의를 다지는 의미에서 우리가 서로 연락하는 편지에 한 글귀를 정해 변치 말고 기록합시다. 일련탁생 결로위옥(一蓮托生 結露爲玉).

의 연 일련탁생, 생사를 같이 도모하자. 결로위옥, 이슬을 구슬로 만들자. 회천지대업(回天之大業)을 성취하자는 말씀이시군요.

지함두 중글이 세상에 나기 시작했는데, 어찌 아직도 한문이래. 일자무식은 머가 뭔지 모르겠시요.

정여립 해동의 문장가가 할 소리는 아닌 듯싶은데.

ㅇ반쯤 머리를 풀어헤친 백정이 정옥남·향이와 옥신각신한다. 백정은 피가 뚝뚝 흐르는 고깃덩이를 어깨에 메고 있다.

향 이	지금은 안 된다고 하지 않았소.
백 정	작은 마님, 왜 안 된다고 그러십니까? 대동계는 양반님네고 종놈이고, 백정이고 다 받아준다고 하지 않았습니까요.
정여립	무슨 일이냐?
정옥남	임실 거멍굴 사는 백정이온데 급구 아버님을 뵙겠다고.
정여립	그런데 왜 말리는 것이냐?
정옥남	그런 것이 아니옵고.
정여립	귀한 손님을 문전박대하려는 것이냐?
백 정	귀, 귀한 손님이요? (무릎을 꿇고) 쇤네 잘못이옵니다.
정여립	아니요. 내가 집안 단속을 못 했구려. 나를 찾아온 연유가 무엇이오?
백 정	혹시 소인같이 천한 백정 놈도 대동계에…
정여립	잘 오셨소. 대동계는 사농공상도, 반상 귀천도 없는 곳이오.
백 정	아, 아닙니다요. 저같이 천한 것에. 쇤네는 대감마님께서 제게 귀한 손님이라고 말씀해 주신 것만으로도 백골난망이옵니다요.
정여립	사람은 모두가 똑같소. 대체 누가 그대를 천하다고 말할 수 있겠소. 옥남아, 저 고기는 대동계의 모든 계원이 똑같이 나눌 수 있도록 해라. 향이야, 임실에서 온 귀한 손님께 따뜻한 밥을 지어 드려라.
백 정	밥이요? 저에게 밥을요?
정여립	어린아이도, 여자도, 농민도, 상민도, 노비도, 백정도 밥을

골고루 나눠 담아야 세상 살맛이 나지 않겠소. 공깃밥 한 그릇에 세상이 담겼으니, 밥이 평등할 때 세상도 평등한 것이오.

○ 모두가 정여립을 향해 머리를 조아린다. 어두워진다.

2장 〈올가미〉

○ 정철의 방. 정철·이경진·윤인수·송익필 등 서인들이 모여 있다.

윤인수　명나라가 건재한데 그 무슨 망발이오. 조정의 녹을 먹는 그대의 생각을 명에서 알게 될까 염려되오.

이경진　정해년 녹둔도(鹿屯島)에서 여진족들이 벌였던 만행을 잊으셨소? 조선 군사 11명이 살해되고 백성 160명이 납치되었습니다.

윤인수　이순신에게 죄를 물어 조산만호(造山萬戶)의 자리를 박탈했잖소. 그때부터 여진족에겐 강경책을 쓰고 있는데, 그대는 너무 민감한 것 같소.

이경진　왜장 도요토미 히데요시가 명나라를 공략하겠다고 선언한 지도 수년이 지났소. 한데 우리는 그들뿐 아니라, 북쪽 여진족의 동태도 모르고 있소이다.

윤인수　왜는 정해년에 전라도에 침범했다가 혼쭐나서 돌아가지 않았소. 게다가 지난해 두 차례 조공을 바쳤고, 통신사 파견을 간청하였소. 우리가 상국이요. 굳이 알려고도, 알 필요도 없소.

송익필 정작 중요한 것은 명나라나 여진족이나 왜가 아니라, 전라도의 정여립입니다.

윤인수 무슨 말이오?

송익필 정여립의 낌새가 심상치 않습니다.

이경진 (별스럽지 않다는 듯) 정여립이 반란이라도 꾸민답니까?

송익필 대동계를 어찌 생각하시는지요?

이경진 대동계는 왜군을 무찌른 공덕이 있지 않소.

송익필 지금 정여립은 진안 죽도에서 자신을 죽도 선생이라 칭하고 군사를 조련하고 있습니다.

윤인수 군사?

송익필 상민, 노비, 중, 사당, 점쟁이, 무당 할 것 없이 별별 계층이 구름처럼 모여든다고 합니다.

정 철 일개 서생이 무슨 재력으로 그런답니까?

송익필 전주와 그 일대 인사가 정여립에 의해 좌우되기 때문이지요.

이경진 말도 안 되는 소리요. 그 자신도 벼슬길에 오르지 못하는데.

윤인수 낙향하던 해에도 김제군수로 가려고 인맥을 움직였지만, 소용없었소.

이경진 지난번 황해도사로 가고자 했던 것도 무산되었소.

송익필　사림의 분위기는 다릅니다. 어떻게든 정여립을 만나려고
　　　　한답니다.

정 철　어수선한 세상이니 어느 자락이라도 잡으려는 것 아니
　　　　겠소.

송익필　정여립이 조력을 요청하면 거절하는 일도 없다고 합니다.

이경진　차라리 재산이 많은 한 과부가 모든 재산을 팔아서 바쳤
　　　　다면 믿겠소만.

윤인수　그런데 그게 무슨 문제가 있소. 임금은 정여립을 방자한
　　　　사람이라 여기고 있소. 앞으로 어떤 청이 들어와도 절대
　　　　허락하지 않을 것이오.

이경진　사헌부, 사간원, 홍문관. 삼사도 우리에게 있소.

송익필　(한 사람씩 눈을 맞추고) 하루아침에 바뀌는 것이 정치입니다.
　　　　지금 동인들은 정권을 잡기 위해 혈안이 돼 있습니다. 이
　　　　번 기회에 동인을 모두 몰아낸다면.

정 철　동인을 몰아낸다?

이경진　정여립이 황해도로 가고자 했던 이유가 뭘까요?

정 철　황해도는 명종 임금 시절 도적 임꺽정의 진원지가 아
　　　　니오.

송익필　아마도 황해도까지 세력을 확장해 한양을 남북에서 협공
　　　　하려는 불측한 의도가 있을 것입니다.

윤인수　협공? 그렇다면 역모?

이경진　그에게 무슨 힘이 있어서?

정 철　지난 왜변 때 보지 않았소. 그의 한번 호령으로 군병이 모

였는데, 부서를 나눠 징발하는데 채 하루가 걸리지 않았다 하오.

윤인수 　정여립에게 어떤 올가미를 씌울 수 있겠소?

송익필 　후한 말 태평도인을 자처하며 황건적의 난을 일으킨 장각을 기억하십니까?

정 철 　장각? 왜 갑자기.

송익필 　무자 기축년에 형통한 운수가 열릴 터이니, 태평한 세상이 되기 무엇이 어려우랴.

정 철 　참언! 그것참 기발하오.

이경진 　대체 무슨 말이오?

송익필 　장각이 난을 일으키기 전에도 별별 이상한 글귀와 참설을 항간에 유포하지 않았습니까?

정 철 　나라가 어지럽지만, 기축년이 되면 난리가 일어나고, 성인이 곤궁에 빠진 백성을 구한다. 그 성인은 정여립이다.

이경진 　그러다 만일 백성의 동요가 심해지면 어쩔 것이요?

정 철 　백성이란 조금의 동요에는 크게 소리를 내지만, 그걸 누르는 힘이 더 강하면 아무 소리도 내지 못하지요.

윤인수 　정여립에게 도움을 요청했던 전주부사 남언경도 국문을 면치 못할 것인데.

송익필 　그 정도 희생 없이 무슨 대업을 하겠습니까.

이경진 　그런데 언변에 능한 정여립이 동인들과 함께 역적을 하지 않았다고 주장하면 어찌 증명할 수 있겠소.

정 철 　(곰곰이 생각하다 의미심장하게) 죽은 자는 아무런 말도 할 수 없을 것이오.

ㅇ 어두워진다.

3장 〈천하의 천하〉

ㅇ 정여립의 방. 정여립은 글을 쓰고, 옥남은 먹을 간다.

정여립 (책에 글을 쓰면서) 함께 먹고 함께 사는 것이 대동이다. 우리가 우리를 다스리는 것이 대동이다. 대동이란 모두를 안을 수 있을 때 가능한 것이다.

정옥남 제 생각이 짧았습니다.

정여립 사람은 누구나 일생을 걸고 결단해야 할 때가 있다. 옥남아, 너는 그때가 언제라고 생각하느냐?

정옥남 잘 모르겠습니다.

정여립 사람들은 대부분 살아온 날의 익숙함을 택해 하루하루를 전날과 같이 살지. 허나, 앞이 보이지 않는 캄캄한 어둠이라고 해도 단호히 온몸을 내던져야 할 때가 있다.

정옥남 아버님처럼 말입니까?

정여립 나에게도 그 말이 어울릴까. 물론 아비가 적당히 머리를 조아리고, 적당히 눈웃음으로 아부하고 살았더라면, 재상의 반열에 올랐을 수도 있었겠지. 앞일을 어떻게 헤쳐가야 할 것인지, 너는 언제나 아비보다 먼저 고민해야 한다.

○ 향이가 들어온다.

향 이　　정철 대감이 사람을 보내왔습니다.

정여립　　송강 정철 대감? 그자를 들여보내고, 너희들은 나가 있
어라.

○ 박서방(걸쇠)이 들어온다. 절을 하고 앉는다.

박서방　　실로 오랜만에 뵈옵니다.

정여립　　정 대감께서는 안녕하신가?

박서방　　평안하시나이다.

정여립　　박 서방은 좀 야윈 듯 보이네. 몸을 편히 가지시게.

박서방　　대감마님께서 서찰을 전해 드리라 분부하셨나이다.

○ 박서방이 서찰을 건넨다.

정여립　　내 평소 편지로 글 나누기를 즐겼는데 뜻하지 않은 곳에
서 반응하는구나. 그래, 어디 보자. (서찰을 읽으며) '한잔 먹
새 그려 또 한잔 먹새 그려. 꽃을 꺾어 술잔 수를 세면서
한없이 먹새 그려.'

ㅇ무대 한쪽에 정철이 나타난다.

ㅇ(E) 정철 "억새풀, 속새풀, 떡갈나무, 버드나무가 우거진 **숲**에 가면 누런 해와 흰 달이 뜨고, 가랑비와 함박눈이 내리며, 회오리바람이 불 때 그 누가 한잔 먹자 하겠는가?"

정여립   인생이 무상하여 음주를 권하는 것인가? 혹, 죽기 전에 술이나 많이 먹으라는 말같이 들리기도 하는구나.

박서방   소인은 알지 못하옵니다. 다만, 대감마님께서 진안 죽도로 찾아뵙겠다고 말씀을 전하셨습니다.

정여립   정철 대감이 죽도로 오겠다고?

박서방   예. 헌데, 소인이 한 말씀 여쭈어도 되오리까?

박서방   그러시게.

박서방   대감님은 서인에서 시작했지만, 곧 동인들과 어울렸다고 들었습니다. 대감님은 동인이시옵니까, 서인이시옵니까?

정여립   박서방 자네는 동인인가 서인인가?

박서방   소인이야 동서를 따질 형편이 아니옵니다만, 저희 대감마님을 따라 서인의 편에 서 있습죠.

정여립   참으로 아둔하구나.

박서방   대감님도 조정에서 물러나시면서 동인과 서인 사이에서 치열하게 갑론을박을 벌였다고 들었습니다.

정여립   속일 수 없는 것이 인심이고, 막을 수 없는 것이 공론일세. 사람이면 다 같은 사람이고, 조정 대신이면 다 같은 조정 대신이지 동인과 서인으로 나뉘었다고 다르게 취급하는 것 자체가 문제이지.

박서방 그렇다면, 동인이든 서인이든,

정여립 나는 동인도, 서인도 아니다. 전주 동문 밖에서 태어나 한때 청운의 뜻으로 홍문관 수찬의 벼슬을 했지만, 덕이 없는 탓에 임금과 신하들에 의해 조정에서 물러났고, 지금은 진안 죽도에 서실을 차려놓고, 이 땅의 호기 있는 젊은이들과 세상을 한탄하는 풍류객, 정여립일 뿐이다.

박서방 여쭙고 싶은 것이 하나 더 있사옵니다. 대동계는 신분의 고하가 없다고 들었습니다. 또한, 천하는 임금의 것이 아니라, 백성의 것이라는 말씀을 자주 하신다고 들었습니다. 어떤 말씀이신지요?

정여립 천하를 어찌 어느 한 사람의 것이라 하겠는가. 천하는 한 사람의 천하가 아니요, 천하의 천하이기 때문이다. 누구를 섬긴들 임금이 아니겠는가.

박서방 소인도 대동계가 될 수 있습니까?

정여립 대동계는 문턱이 없네. 매월 15일 죽도에서 향사회를 열고 활쏘기 시합을 하니, 언제 다녀가시게. 아, 이번에 정 대감과 함께 오시게. 낙엽 진 길을 따라오면 천반산이 얼마나 아름다운지 알 것이야. 강물은 붓끝으로 한 점 획을 그은 것처럼 이어지고, 활활 타오르는 단풍은 차마 바라볼 수 없을 만큼 황홀하지. 그때 자네의 시문도 구경함세. 헌데, 이 시는 써지다 말았구나.

박서방 남은 시구는 그곳에서 지어보자고 말씀하셨습니다.

정여립 좋지. 두보가 그랬던가. '소를 잡고 양을 삶아 즐겁게 놀아 보세, 우리 서로 만났으니 삼백 잔은 마셔야지.' 하하. 그 대 주인에게 전하시게. 내 오늘 당장 죽도 서실로 가서 기 다리겠다고.

박서방 전해 올리겠습니다. (절을 하고 나가려고 하면)

정여립 잠깐. 자네에게 주고 싶은 것이 있어. (책 한 권을 건네며) 내가 벗들과 세상을 그리며 적어본 것이네. 꼭 읽어보도록 하게. 자네는 참으로 진실한 사람 같아. 반드시 다시 보세나.

박서방 송구하옵니다.

○ 어두워진다.

○ 어둠 속에서 들리는 상소문. 소리가 점점 작아진다.

○ (E) "기축년 겨울에 서남에서 일시에 거병하여 얼어붙은 강나루 를 건너 직범경도하여 무고를 불사르고, 강창을 경략하며, 복심 을 도내에 배치하고, 자객을 분승(分乘)하여 먼저 대장과 병조판 서를 죽이고…."

○ 올빼미 울음소리가 스산하다. 어지럽다.

4장 〈죄를 아뢰오〉

○ 조정. 대신들이 종종걸음으로 들어온다.

정언신 삼정승, 육승지, 의금부, 당상관, 총관, 옥당까지 모두 입시 시키는 것을 보면 보통 일은 아닐 성싶소.

이산해 황해도 관찰사 한준과 재령군수 박충간, 안악군수 이축이 연명한 비밀 장계가 급보했다는 소식이오.

정언신 비밀 장계? 도대체 무슨 장계란 말이오?

이산해 자세히는 모르오나, 얼마 전 조헌의 상소와도 관련된 일 인 듯싶습니다.

정언신 정여립이 불측한 일을 도모하니 미리 처단하라는 것 말이 요? 허 참. 대동계를 조직해 왜군을 무찌른 것이 모반이라.

이산해 어디 대동계뿐이오? 정여립이 전랑 벼슬을 못 해 앙심을 품고 모반을 꾀한다고 하지 않소.

정언신 조헌은 본시 미친 사람이오.

유 전 바람이 잦으면 나무는 부러지기 마련이지요. 요즘 같은 세상에 강직함은 자신의 명만 재촉할 뿐이지. 사화라는 게 본시 사소한 시비에서 발단되는 법 아닙니까.

  ○ (E·반역을 알리는 상소문. "…대장과 병조판서를 죽이고, 거짓 고지를 꾸며서 방백과 병사·수사를 죽이며, 태관에 음촉(陰囑)하 여, 전라감사와 전주부윤을 파직시키고, 그 틈을 타서 일어날 것 이다."

  ○ 선조가 나온다. 상소 뭉치를 들고 분한 표정으로 대신들을 노려 본다.

  ○ 양쪽으로 늘어서는 대신들.

이산해	역적은 천부당만부당하옵니다. 정여립은 정해년 왜선 18척이 전라도 손죽도에 침범했을 때, 전주부윤 남언경의 요청으로 대동계 무사들을 이끌고 왜적을 물리친 충성스러운 신하가 아닙니까.
선 조	정여립에 대한 말들이 다 헛소문이란 것이오?
이산해	정여립이 즉흥적이고 과격한 성정으로 윗사람의 비위를 못 맞추고, 출세영달을 위해 능굴능신 못 해 질타를 받기는 하지만, 역모를 꾀할 인물은 아니옵니다.
유 전	보내온 장계는 낭설이니 오히려 발설자를 잡아들여 그 원인을 캐물어야 할 것으로 아뢰오.
선 조	그가 말한다는 대동은 성리학의 질서에 명백히 반하는 불순사상이 아니오?
유 전	대동계는 불측한 단체가 아니라 호국정신과 우국충정의 기개가 넘치는 곳이라고 하는 것이 더 옳을 것이옵니다.
선 조	정여립이 신료들로부터 이토록 신망을 받는 줄 내 미처 몰랐소이다. (신하들을 한 사람씩 보며) 다시 묻겠소. 그대는 정여립을 어찌 생각하시오?
유 전	소, 소인은 그 위인을 잘 알지 못하나이다.
이산해	신은 오, 오직 그가 글을 읽는 사람인 줄로만 들었습니다.
정언신	소인은 아는 것이 별로 없사옵니다.
선 조	아는 것이 없다? 정언신 그대는 정여립과 동향에 같은 집안사람 아니오? (손에 든 장계를 바닥에 던지며) 독서인의 하는 짓이 이와 같단 말인가?

ㅇ이경진이 장계를 주워 선조에게 준다.

선 조　(이경진에게 장계를 주며) 황해감사로부터 받은 장계를 큰 소
　　　리로 읽어 정여립의 역모를 알리라.

이경진　'한강의 결빙기를 이용해 황해도와 해남에서 동시에 입경,
　　　병조판서 등을 살해하고, 병권을 장악' (읽기를 멈추고 무릎을
　　　꿇고) 지금 당장 금부도사와 선전관을 보내 체포하도록 하
　　　심이 옳을 줄로 아뢰오.

윤인수　마땅히 잡아들여 친국하셔야 할 것이옵니다.

유 전　죄인을 잡아들여 친국하소서.

선 조　장계에 오른 것이 사실이라면, 철저히 문책한 뒤 이들의
　　　사지를 전국 팔도에 보내 역모를 꾀한 죄인들의 말로가
　　　어떤 것인지 각인시켜 줄 것이오. 정여립의 생질인 예문
　　　관 검열 이진길부터 잡아 하옥하라.

이산해　신은 도무지 믿어지지 않습니다.

정언신　전하, 황해도 수령의 절반이 서인이고 율곡의 제자들이
　　　많은 곳이라 그들의 무고일지도 모르옵니다. 정여립이 상
　　　경하여 견해를 밝힐 때까지 판단을 기다려야 하옵니다.

이산해　전하, 장계는 무근지설일 것이옵니다. 장계에는 정여립의
　　　역모 정황을 어찌 취득했는지도 없사옵니다. 정여립과 대
　　　질하면 그의 능변으로 그간의 경위를 해명할 것이옵니다.

ㅇ(E) "의금부도사 류담의 서장이오. 정여립이 그 일당과 더불어 진

안 죽도 서실로 몸을 피했다고 하옵니다."

ㅇ (E) "진안현감과 관군들이 정여립을 추격했사오나 정여립은 칼자
루를 땅에 꽂아 놓고 스스로 목을 찔러 자살했다고 하옵니다."

선 조 (방백으로) 반색이 있는 민심을 처리하지 않으면 한곳으로
뭉쳐 곧 폭발하게 마련이지. 허나, 위에서부터 차례로 찍
어 내리면 스스로 자멸하거나 수면 아래로 잠복하게 돼.
그게 세상사는 순리지.

ㅇ (E) "정여립의 아들 옥남이 자백했사옵니다. 사건의 모주는 길삼
봉이고, 해서인 김세겸, 박연령, 이기, 이광수, 박익, 박문장, 변숭
복 등이 왕래했으며, 중 의연과 도사 지함두가 서당에 머물러 공
모했습니다."

선 조 정여립의 아들 옥남과 조카 이진길을 능지처참하라.

ㅇ 잔인한 고문 소리와 산짐승들의 울음소리, 귀신들의 저주 섞인
소리 등 극도로 혼란스러운 소리가 끊임없이 이어진다.
ㅇ 어두워진다.

2막 〈살아도 산 것이 없고〉
1장 〈발칙한 비렁뱅이들〉

○ 어둠 속에서 어린아이 목소리가 들린다.

○ (E) '이씨는 망하고 정씨가 흥한다네. 천하에 어찌 주인이 있다던 가. 누구를 섬긴들 임금이 아니당가. 목자망 전읍흥 상생모총 가 주위주'.

○ 밝지도 슬프지도 않은 이 소리는 신경을 곤두세워야 들릴 정도로 작게 시작되지만, 반복되면서 커지고 시나브로 가락이 얹힌다. 흥얼거리는 소리가 여러 명의 목소리로 들린다. 목소리들이 '목 자망 전읍흥 상생모총 가주위주'를 반복하면 무대와 객석에 크고 작은 별빛이 감돈다. 휘돌던 빛들은 한곳으로 모아진 뒤 객석으 로 꽂힌다. 무대 밝아진다.

○ 시체들이 버려진 광희문 밖. 황량하고 쓸쓸한 밤. (1590년 7월 23일 전주·금구 등 정여립의 이웃 70여 명이 한양으로 끌려가 죽임을 당한 후 버려졌다)

○ 아무렇게나 베어져 흩뿌려진 시체들이 즐비하다. 까마귀 떼와 산 짐승 울음소리가 처절하다.

○ 허리에 술병을 매단 고무래가 시체 사이의 빈틈을 조심스레 딛고 무언가를 찾고 있다. 한 시체의 팔을 들면 팔이 뽑힌다. 놀라서 나자빠지는 고무래. 다시 크게 원을 그리며 시체를 건드리고 다

닌다.

고무래 저건 능지처참, 이건 머리가 잘렸고. 아예 칼탕을 쳐놨구
만. 머리를 억지로 찢었어. (주위를 살피며) 퍼뜩 나와. 허겁
떨지 말고. 빨리 챙겨서 가야지.

버들고리 (고개를 내밀고) 뭐가 있긴 있어?

희뜩머룩이 (고개를 내밀고) 있긴 뭐가 있겠어. 아이고야, 쾌쾌허니 지난
초복에 먹은 식은 보리죽이 위아래 구녁으로 나올라고 그
라네. 고무래야. 꿈에 볼까 거시기헝게, 그냥 가자.

고무래 너나 가. 요즘 세상에 이만한 야경벌이가 어디 있다고. 내
가 손죽도에 왜놈들 쳐들어왔을 때도 얼매나 재미를 많이
봤는디.

버들고리 (버릇처럼 손가락으로 댕기를 꼬며) 또 그 소리야.

희뜩머룩이 재미 많이 봤담선 왜 아직도 비렁뱅이로 산다냐?

고무래 저 주딩이를 쫙 찢어야 헌디.

○ 고무래가 뭔가 발견한 듯 달려가 한 시체의 손에서 가락지를 빼
고, 입을 벌려 금니를 뺀 뒤 으스댄다.
○ 버들고리와 희뜩머룩이도 희끗희끗 곁눈질하며 시체들을 들척
인다.

버들고리 하기사 자고 나면 흉년이라 굶어 죽은 몸뚱이들이 널리고
널렸는데 그거나 이거나 뭐가 달라.

고무래　　　한참 다르지. 여기는 지체 높으신 나릿님, 마낫님, 도련님들도 있으니까.

희뜩머룩이　그만 가자. 나졸님들 눈에 띄면 혼쭐날 겨.

고무래　　　걱정허들 말어. 자시부터 인시까장은 내가 봐 준다고 혔어.

버들고리　　니까짓 게 뭘 봐줘?

고무래　　　(엽전을 딸랑거리며) 내가 봐주남. 엽전이 봐주지.

희뜩머룩이　이렇게 많이 죽은 것은 재작년 가뭄 이후 첨이지.

버들고리　　그런가? 암튼, 홍수에 가뭄에 염병에 이런 꼴은 많았잖아. 그런데 여기는 뭐래?

희뜩머룩이　뭐긴 뭐여. 정, 정, 정으래빈가 뭔가 허는 역적 쪼가리들이지.

버들고리　　정으래비? 그건 지난겨울에 다 끝난 일 아냐?

고무래　　　끝나긴 뭣이 끝나. 달포 해포 지나도록 굴비 엮듯이 잡아 넣는 것을.

희뜩머룩이　전라도 황해도 여기저기 이 잡듯이 색출혀도 아직 멀은 모양이여. 태조대왕 때도 이런 일은 없었는디.

버들고리　　꼴에 문자는. 그런데 정으래비랑 그 길 뭐시기랑 다들 좋아했잖아.

고무래　　　너도 뒈지고 싶냐? 뚫린 입이라고 헤픈데픈 허들 말어.

버들고리　　우리 같은 비렁뱅이가 조심허고 말고가 어딨어. (눈치) 저기 누구 온다.

○ 세 사람이 시체처럼 눕는다.

ㅇ 작은 보따리를 등에 묶은 걸쇠(박서방)가 눈치를 보며 나온다.

걸 쇠   (고무래를 걷어차며) 이놈들, 여기 있을 줄 알았다. 여기가 어

       딘 줄 알고 이런 몹쓸 짓거리냐.

희뜩머룩이 영감 눈에서 불 나것네.

고무래   어디긴 어디여. 우들 밥구녕에 멧밥이라도 챙겨줄 띠지.

걸 쇠   아무리 일자 콩자 모르는 무식헌 종자들이라고 해도, 어

       디 비럭질헐 곳이 없어서 예까지 와.

버들고리 무식해서가 아니라, 배가 고파서 그래요.

희뜩머룩이 버들고리 말이 맞소. 지금 시상서 우들헌티 쉰내 나는 물

       밥이라도 줄 디가 어디 있겄소?

걸 쇠   창시가 찢어져도 이러믄 안 돼.

희뜩머룩이 영감 창시는 쇠가죽처럼 질긴지 몰라도 내 창시는 소나무

       껍질 마냥 쫙쫙 찢어져놔서, 안 되것고만요.

걸 쇠   (주저앉아 울며) 그리도 안 되는 것이여.

       ㅇ 고무래·버들고리·희뜩머룩이가 시체에서 꺼낸 것들을 꺼내 걸

       쇠에게 보여준다. 달래듯이 자랑하듯이.

버들고리 우리만 이런 거 찾았다고 부러워서 그래?

희뜩머룩이 여기에 시체 많으니까 같이 찾아봐요.

고무래   쪽박 깨들 말고 차라리 가쇼. 이따가 나눠줄랑게.

ㅇ 걸쇠가 계속 울면 버들고리도 따라 운다.

ㅇ '목자망 전읍흥 상생모총 가주위주' 노랫소리 나지막하게 들린다.

걸 쇠 (고무래 보며) 고무래야, 네놈은 전라도서 막서리 고공살이 왔다고 했지? 여기 죽어 나자빠진 사람들이 다 네 한 고향 사람들이다.

고무래 고향? 고향이라고 뭐 해준 것 있가디. (이를 악물고) 전라도가 똥 친 막대기여, 뭐여. 이놈의 임금이 전라도 씨를 거덜 낼 모양이구만.

걸 쇠 시상 이렇게 살아서 뭣 한다냐. 참말로, 더럽고 더럽다. 치사하고 치사하다. 차라리 나도 이 사람들처럼 있는 죄 없는 죄 뒤집어쓰고 죽어야 할랑갑다. 아녀. 그냥 그때 죽었어야 해.

희뜩머룩이 영감은 덩달아 왜 그러신데?

ㅇ 여우 울음소리가 크게 들린다.

버들고리 저놈의 여우 새끼는 왜 저리 질질대고 그런데.

ㅇ 김포졸과 남포졸이 나온다.

ㅇ 인기척에 놀란 고무래·버들고리·희뜩머룩이가 기겁하며 숨다가 포졸들을 보고 안도의 숨을 쉬며 아는 체한다.

김포졸 함부로 울지 마라. 그러다 눈도 깜빡 못하고 주검 된다. 여기 거쳐 간 시체 중에는 말이다. 관기랑 헤어지면서 씰씰 짜다가 죽은 사람도 있고, 안질 때문에 눈물 흘리다가 죽은 사람도 여럿이다.

버들고리 아무리 나랏님이라고 해도 안질로 눈물 났다고 목숨을 끊어요?

남포졸 그뿐인가. 함평에 정 씨들 여럿 사는 제동마을은 아예 쑥대밭 됐어. 그 마을에 정여립이 집터 봐준 정 씨가 있는데, 그 사람 가족은 몰살당했지. 제자도 쉰 명이 죽고, 수십 명이 유배를 당했다지. 그 사람에게 한 글자라도 배운 이가 수백 명인데, 아예 과거도 못 보게 됐다고 하네.

걸　쇠 그 원성을 다 어이할꼬.

김포졸 참 허망하네. 정여립과 알고 지냈다는 이유로 다 잡아먹어 버렸어.

고무래 그나저나 왜 이리 빨리 왔소. 내가 봐준다고 했잖소?

남포졸 허허, 발칙한 비렁뱅이일세. 이놈아, 네 놈이 뭘 봐줘, 봐주길.

고무래 이래 봬도 내가 정해년에 왜적 놈도 때리 잡았던 의병 출신이구만요.

남포졸 아, 그러셨구만. (뭔가 생각난 듯 깜짝 놀라며) 의병? 그러면 네 놈도 정여립 반역당과 한통속이란 말이냐?

걸　쇠 (엎드려 빌며) 아닙니다요, 나으리. 저놈이 가래 터 종놈 같은 놈이라서.

고무래　거짓말이요, 거짓말. 그냥 해본 말입니다요. (엎드려 빌며) 저 같은 놈이 무슨 수로다가 왜놈들을 때려잡습니까요.

희뜩머룩이　(엎드리며) 다 주워들은 풍문이지라. 우리는 전라도 사람 알도 못 허고, 본 적도 없습니다요.

남포졸　말투가 심상찮은데. (김포졸에게 툭 던지듯) 옥남이라고 했던가? 정여립이 큰아들. 역적 놈이 분명했어. 어깻죽지 아래 일월이 새겨 있더라고. (희뜩머룩이 보며) 결국, 역적질 안 했다고 거짓말하다가 장형 맞고 저승 갔지만.

희뜩머룩이　지는 경상도 아닝교. 전라도는 개라도라고 안했능교.

남포졸　이발 대감 죽은 것도 들었지? 온몸에 살이 온전한 곳이 없을 정도로 혹독허게 고문을 받았다지. 이 대감 동생은 고문받다가 유배 갔거든, 이제 끝났다, 했을 건데, 다시 잡혀 와서 장형 맞고 죽었어. (버들고리 보며) 형제가 왜 다 죽었을까? 정여립을 알고 지내서 그랬어.

버들고리　(꿇어앉으며) 저는 한양 토박이여요. 나릿님, 만복 하실 겁니다.

남포졸　장형이 뭔지 알아? 온몸의 살점이 다 떨어져 나가게 하는 거야. 살점이 떨어져 나가면 곧 죽을 것 같지? 아니야. 목숨은 질기거든. (고무래 보며) 시뻘게지지. 탱탱하게 돼지 혓바닥처럼.

고무래　지는 강원도 감자바우 아래서 살다 왔지비.

김포졸　이발 대감 집안이 어찌 되었다고 했지?

남포졸　아작 났어. 걸음마쟁이나 팔십 노모나 다 압사형 당했지.

그 큰 돌덩이를 허벅지에 올렸으니, 뼈는 진즉 으스러지고 온몸에 사기 쪼가리들이 박혔을 거야. (시체 보며) 서섯처럼. (살피고) 사기 조각이 많이도 박혔구나. (사기 조각 하나를 빼며) 무릎이 짓이겨진 걸 보니, 죄를 많이 지었구나.

희뜩머룩이　나릿님, 끔찍헌 소리 좀 그만 허시오. 듣기만 해도 몸서리가 처지네요.

고무래　아따, 이것이 사람 눈알이냐, 돼지 불알이냐?

남포졸　이놈 자분거리는 꼴 좀 보게. 너희들 조심해라. (걸쇠 보며) 내가 가서 발고하기 전에.

김포졸　그만하게. 다들 서로 못 잡아먹어서 난린데 자네도 끼려고?

버들고리　참말 허전하고 어이가 없네요. (타령조로) 살이살이 고공살이 서러워라 머슴살이 살이살이 타향살이 눈물나네 피난살이 살이살이 더부살이 허전하고 어이없네 하루이틀 밤낮굶어 목청에서 피만나네.

남포졸　이봐, 내가 이 지긋지긋한 고공살이에서 벗어날 방법을 알려줄까? (모두 눈이 휘둥그레지면) 길, 삼, 봉. 그자를 찾아. 신고하면 큰상을 받을 거야.

고무래　길삼봉? 역모의 괴수라고 불리는 그 사람이요?

남포졸　그래 바로 그자.

걸　쇠　그런 소리 마십쇼. 나라에서도 누군지 모르는 사람을 우리가 어떻게 안답니까?

남포졸　그자의 털끝이라도 알려주면 부자가 된다니까. 듣자 허니

41

그자가 걸인들과 긴밀한 관계라던데. (고무래 보며) 자네가
힘을 써봐.

고무래 지가 듣기로는 나이가 서른이고, 얼굴이 희다고 허드만요.

버들고리 길삼봉이 키가 크다는 말은 저도 들었어요. 낯빛이 쇠 같
고, 수염이 길다지요? 그 길이가 무릎까지 닿는다던데.

희뜩머룩이 원래 천안 농갓집 종놈인데, 나이는 쉰 살이 넘었고, 황소
마냥 어깨가 턱, 벌어졌다든디.

고무래 섬으로 갔다는 말도 들었어요. 도요토미 히데요시의 오른
팔이 되았다고. (속삭이듯) 곧 조선에 쳐들어온다고.

남포졸 모르는 척 하더니 아는 것이 많네. 진짜 수상한데.

걸 쇠 나릿님들도 다 들어본 이야기 아닙니까요? 성 안팎으로
쏘댕기는 것이 일인 저희도 그 정도 풍문은 들었습죠.

고무래 반석을 맨손으로 부순다던디, 우리같이 별 볼 일 없는 놈
들이 어떻게 잡아요?

버들고리 하루에 삼백 리를 걷는다데. 정으래비도 그랬다지.

희뜩머룩이 정으래비는 도술을 부려서 느닷없이 눈비도 오게 했다지.

김포졸 그들도 사람인데 그런 신통력이 있으려고.

걸 쇠 그나저나 얼굴도 본 적 없는 사람을 어찌 알고 고변하겠
습니까요?

남포졸 아무도 모르니까 가능하지. 자네 말처럼 길삼봉이를 들어
보지 않은 백성은 없지만, 그 사람이 누군지는 아무도 모
르거든.

고무래 궁게, 아무나 고발하고 상을 타 먹자, 그런 말씀이십니

까요?

남포졸　뚫린 귀라고 말귀는 빠르구나.

김포졸　죄 없는 사람 잡아다가 길삼봉이라고 우기라고?

ㅇ산짐승 울음소리 길게 울린다.

남포졸　매에는 장사가 없어. 한 대라도 덜 맞으려고 시키는 대로
　　　　 자복하고 고변하고 그러잖아.

김포졸　그런 소리 말게. 천벌 받네.

남포졸　천벌보다 몽둥이가 더 무섭지. 몽둥이는 벙어리도 입을
　　　　 열게 하지 않던가.

걸 쇠　나릿님, 그런 무서운 소리 마십시오. (버들고리와 일어서며)
　　　　 이제 가자.

희뜩머룩이　(일어서며) 빨리 갑시다. 소름 돋아서 더 못 있겠어요.

ㅇ김포졸이 걸쇠에게 가라고 손짓한다. 남포졸이 막는다.

남포졸　멈춰라. (김포졸에게 속삭이며) 이런 시체 더미 속에서 산목숨
　　　　 이 하나라도 더 있어야지. 나는 그게 나을 성싶은데….

김포졸　무서운 모양일세.

남포졸　무섭지는 않아. 그냥 심심해서 그래.

김포졸　시답잖은 소릴랑 말아.

남포졸　저 계집이 소리를 잘허더구만, 재미난 거로 한 곡조 뽑아

봐라.

희뜩머룩이 나릿님, 추깃물 자박자박 헌디서 뭔 노래라요?

남포졸 심심하니까 해보라고. (버들고리를 보며) 뭐해? 노래하라니까.

버들고리 뜬금없이 무슨 노래요?

남포졸 이런 우라질. 너, 노래 안 하면 여기서 확 자빠트려버린다.

걸 쇠 그래, 한 곡조 하거라.

> ○ 버들고리가 노래 〈쌍화점〉을 부른다. 흥겨운 가락에 걸판진 판이
> 펼쳐진다.
> ○ (E) '만두집에 만두 사러 갔더니만 회회 아비 내 손목을 쥐었어요.
> 이 소문이 가게 밖에 나며 들며 하면 다로러거디러 조그마한 새
> 끼 광대 네 말이라 하리라. 더러둥셩 다리러디러 목자망 전읍흥
> 상생모총 가주위주'(고려가요 '쌍화점' 활용)
> ○ 노래의 끝을 따라 부르며 반쯤 정신이 나간 서푼이가 나온다.

희뜩머룩이 내 사랑 서푼이네.

걸 쇠 (놀라며) 서푼아, 네가 여기까지 무슨 일이냐?

서푼이 누가 나를 따라왔어.

> ○ 희뜩머룩이가 서푼이를 반기며 다가간다. 서푼이 뒤로 몽둥이를
> 든 악도리와 숫돌이마가 나온다. 희뜩머룩이가 악도리를 보며 몸
> 을 사린다.

악도리　우라질. 나만 빼고 다 있었구나.

○ 악도리는 포졸들을 보며 움찔하지만, 이내 개의치 않는다.

악도리　(걸쇠 보며) 상갓집 귀신 밥은 건드리지 말라고 하더니만, 내내 가마가 솥더러 검정아, 검정아, 했네. (고무래 보며) 뭐 존 거라도 봤냐?

버들고리　저 미친년은 왜 데리고 왔어?

숫돌이마　뭐여. 우리가 안 데리고 왔어.

서푼이　백 참봉님 댁 도련님이 저를 따라왔어요.

버들고리　저년 또 시작이네.

남포졸　얼굴은 반반하다만, 예사 정신이 아니구나.

걸 쇠　제 생질인데, 몹쓸 병에 걸려서 정신을 놨습죠. (악도리 보며) 여기까지 무슨 일이냐?

악도리　뭔 일은 뭔 일. 바람 쐬다가 발걸음이 이쪽으로 옮겨졌지.

희뜩머룩이　서푼이헌티 또 못된 짓 할라고 혔겠지요.

○ 악도리가 희뜩머룩이에게 달려가 발로 찬다. 저항하지 못하는 희 뜩머룩이.

남포졸　(창을 들이대며) 어디서 발길질이야.

악도리　(미친 사람처럼 시체를 물어뜯으며) 나 건들지 마시오. 이렇게 살다 죽는 거나 창 맞고 뒤지는 거나 매 한 가진 게.

남포졸 (기세에 눌려) 이놈이 아주 단단히 미쳤구나.

김포졸 모두 돌아가라. 순라꾼들에게 걸리면 경을 칠 것이다.

악도리 순라꾼들이 미쳤수. 여기까지 오게.

김포졸 모르는 소리. 세상이 요상하니 다들 눈에 쌍심지를 켰어.

남포졸 자네들 길삼봉이 명심해. 눈 크게 뜨고 다니면서 살펴.

김포졸 다시는 이곳에 얼쩡거리지 말고 모두 가라.

고무래 (김포졸 보며) 나릿님은 다른 나릿님들이랑 다른 것 같으네요.

김포졸 나도 똑같네. 머뭇거리지 말고 서둘러 가게.

고무래 천복 만복 받으소서.

걸 쇠 모두 가자.

남포졸 (걸쇠를 붙잡아 앉히고) 소피 보고 올 것이니 잠시만 있거라. (김포졸을 잡아끌며) 나랑 같이 가세.

걸 쇠 날이 추우니, 화톳불이라도 놓겠습니다요.

남포졸 그러시게.

　　○남포졸이 김포졸을 한쪽으로 끌고 간다.
　　○걸쇠 쪽 조명 어두워진다. 어둠 속에서 걸쇠·고무래·버들고리·
　　　희뚝머룩이가 화톳불을 놓고, 악도리·숫돌이마는 시체를 뒤적거
　　　린다.

남포졸 저놈들이 내 말을 따목따목 잘 받아넘기는 것을 보니 어렵지 않을 것 같아.

김포졸   무슨 소린가?

남포졸   우리가 달랑 몇 달이라도 흰쌀밥 먹은 시이리 히는 말이네만, (눈치를 살피고) 저놈들 밀고 하세.

김포졸   비렁뱅이를 밀고해서 뭐 하려고?

남포졸   거지든 양반이든 무슨 상관인가. 정여립이랑 관련 있는 놈들이라고 신고하면 나락이라도 몇 섬 줄 것 아닌가.

김포졸   다시는 그런 말 말게. 하늘이 무섭지도 않은가?

남포졸   하늘? 하늘에서 볏섬이라도 떨어지면 이런 생각 안 하지.

김포졸   우리는 짐승이 아니야.

남포졸   짐승이든 아니든 당장 배는 안 곯아야지.

김포졸   그 쌀로 밥해 먹으면 목구멍에 잘 넘어가겠는가?

남포졸   (개의치 않고) 그렇지, 길삼봉! 저놈들 중 한 놈을 길삼봉이라고 하세.

김포졸   자네는 선한 사람 아니었나?

남포졸   선하게 살면 병신 되는 세상이야.

김포졸   정신 차리게.

남포졸   싫으면 빠져. 나는 저놈들에게 정여립에 대해 좀 더 들려줘야겠네. 그래야 발설할 것이 더 많아지지 않겠나. 모진 매에 장사 없네.

ㅇ 김포졸·남포졸 쪽 조명 어두워지고, 걸쇠 쪽 밝아진다.

ㅇ 걸쇠·희뜩머룩이·버들고리·고무래가 화톳불에 모여 이야기를 나누고, 악도리·숫돌이미가 시체 더미에 있다. 숫돌이마가 구역

질을 한다.

희뜩머룩이 비럭질도 못 해, 비위도 약해. 저걸 뭐에 쓴다냐?

숫돌이마 뭐여. 너는 첨부터 잘했어?

고무래 (숫돌이마 보며) 그짝은 어쩌다 광통교 아래까지 들어왔소?

숫돌이마 가뭄 흉년에 남아나는 농투산이 있을까.

고무래 그렇지. 하늘 님이 웬수고, 타고나지 못한 재주가 웬수지.

숫돌이마 그짝은 뭐여?

고무래 별다른 재주가 없으니 고공살이라도 헐라고 올라왔는디. 몸 붙일 데가 없으니 유랑걸식 신세가 됐지.

희뜩머룩이 어짠 일로 자기 말을 헌데.

버들고리 나는 광통교 밑에서 났는데, 나랑 별다를 것이 없네. 고향 가고 싶어?

고무래 복숭아꽃 흐드러진 물길을 지나믄 내 고향인디.

버들고리 (손가락으로 댕기를 꼬며) 나랑 같구만.

악도리 넋 빠진 년. 광통교 밑에서 났다면서 뭔 지랄이냐.

버들고리 니가 뭔 상관이냐?

악도리 차라리 구월산이라도 올라가지 왜 한양서 얼쩡거려.

희뜩머룩이 니가 가라 구월산.

악도리 안 그래도 갈 거다.

숫돌이마 뭐? 참말이여?

희뜩머룩이 니들 둘 다 빨리 좀 가라.

숫돌이마 나도 같이 가는 거여?

악도리   거기까지 따라오게?

숫돌이마   나는 같이 안 가는 거여?

희뜩머룩이   꼭 델꼬 가고, 꼭 따라 가라. 근디 가면 뭐해. 너희 같은 놈들
            은 구월산 아니라 일월산에도 못 가서 여우 밥이 될 거여.

악도리   여우 밥? (호쾌하게 웃고) 들짐승 밥은 니들이 먼저다.

버들고리   무슨 소리야?

악도리   이제 걸뱅이 짓도 못 할 거다. 서빙고 두무개 쪽에 사는 몽
            생이 패거리들이 충청도 그지패들 싸그리 모아다가 여길
            친다고 그랬다.

고무래   같은 거렁뱅이들끼리 치고 말고 할 게 뭐 있어?

악도리   젠장. 비렁뱅이 패라고 욕심낼 것이 없을까.

숫돌이마   (고무래 보며) 여기 온 지 얼마 안 돼서 모르는 모양이어.

악도리   높은 놈이나 낮은 놈이나 사는 꼴은 똑같다.

버들고리   우리 사는 광통교 밑이 제일 좋은 자리니까. 사람도 많이
            다니고, 대감님네들 사는 곳도 가깝고.

희뜩머룩이   지난봄 피고개도 암실랑않게 넘깃는디.

걸 쇠   그래서 어떻게 한다더냐?

숫돌이마   힘 준 놈 골라서 성문 서편 응출이네랑 개병이네를 먼저
            작살내고 여기로 온다고요.

고무래   니미럴. 사실이여?

숫돌이마   몽생이네만 벼르는 것이 아니고, 청계천이랑 인근 야산에
            움막 짓고 사는 놈들도 다들 눈깔이 돌았어.

희뜩머룩이   (코웃음) 근디, 니들 말을 어떻게 믿냐?

버들고리 차라리 뻥아리가 개새끼 낳았다는 말을 믿지.

숫돌이마 시쳇말로 믿고 안 믿고는 안 중요혀. 이렇게 살다가는 언제 털려도 털리니까. 빨리 살길 찾어야지.

버들고리 니들답지 않다. 무슨 꿍꿍이로 그런 것을 알려 주냐?

희뜩머룩이 그쪽에 붙어먹을까, 생각은 혔지?

악도리 이런 우라질. 동냥자루나 찢어지지 말라고 해 주는 말이다.

버들고리 걸쇠 영감 오기 전까지는 네가 꼭두라고 으스대면서 다녔잖아.

악도리 나는 길삼봉이나 잡으러 갈란다.

버들고리 길삼봉이 만나서 반역하게?

ㅇ 바람 소리 심상찮다.

악도리 반역? 그래. 반역할 거다.

버들고리 그러다 잡히면?

악도리 내가 왜 잡혀.

서푼이 (멍하게) 그 사람을 내가 고자질했어요.

희뜩머룩이 미쳐도 단단히 미쳤네. 길삼봉이가 너 같은 놈을 받아주기나 헌다더냐.

버들고리 알았다. 길삼봉이랑 붙어 댕기다가 길삼봉이 고변하려고?

악도리 그래. 길삼봉이 넘길 때, 니들 이름도 같이 발설해주마.

○ 악도리가 희뜩머룩이에게 달려든다.

○ 시체들 속에서 살려달라는 소리가 들린다. 모두 스스라치게 놀란다.

숯돌이마 뭐여. 귀신이여?

고무래 여적 숨 붙은 사람이 있었다는 말이여?

악도리 저놈이다. 죽여. 죽여.

고무래 안 돼. 산목숨이여.

악도리 저놈이 우리 말 다 들었다.

버들고리 우리 말 들었다고 뭔 큰 일 난다냐?

악도리 길삼봉. 우리가 길삼봉을 말했다. 저거 죽여야 해.

버들고리 어떻게 죽여?

악도리 아니면 우리가 죽는다. 저건 원래 시체였다, 시체. (시체에 올라타 목을 조르며) 죽어라, 죽어. 죽어라, 죽어.

○ 고무래와 걸쇠가 말리지만 소용없다.

○ 숯돌이마가 악도리에게 돌을 준다. 악도리가 시체를 돌로 내려친다.

○ 서푼이가 발작을 일으킨다. 걸쇠가 서푼이를 데리고 나간다.

악도리 어차피 죽, 죽은 목숨이었다. 내가 곱게 보내준 거다.

숯돌이마 악도리 니가 좋은 일 한 거여.

악도리 그래. 더러운 세상에서 난생처음 좋은 일 한 거다. 하하하.

ㅇ 차츰 어두워진다.

2장 〈무덤 위에 원숭이〉

ㅇ 무대 한쪽에 정철이 잠들어 있다.

ㅇ 정철의 꿈. 무대 양쪽에서 정철과 정여립이 각각 작은 소반을 마
  주하고 술잔을 권한다. 그림자극으로 표현된다.

정여립 임금이 보수와 진보 세력을 제거해 독재를 누리려고 하면
  나라는 혼란에 빠질 수밖에 없습니다.

정 철 급한 속정은 여전하구려. 타락한 보수와 급진적인 세력을
  내버려 두어도 나라는 혼돈에 빠지오.

정여립 지금이 바로 그때가 아닙니까? 현명한 군주는 건전한 보
  수와 진보 세력 간의 견제와 협력을 끌어내 국가의 중흥
  을 가져왔습니다. 이것이 율곡이 말한 조제보합(調劑保合)
  아닙니까.

정 철 놀랍구려. 그대가 율곡을 거론하다니.

정여립 한 말씀 더 하지요. 율곡이 매번 공평하게 일을 처리했다
  고 하지만, 서인의 편에서 보면 어디까지나 동인들을 두
  호(斗護)하는 처지였고, 결국 이들을 자극하여 당쟁을 격화
  시킨 것 아닙니까.

정 철 말이 지나치오. 그럼 그대가 꿈는 임금은 누구요?

정여립 집현전에서 키운 신진세력과 황희, 맹사성 같은 깨끗한 중신들을 보합시켜 문화의 황금시대를 연 세종이 그렇고, 훈신과 사림을 조화시켜 문물의 완성을 가져온 성종도 그렇습니다. 왕조의 중흥은 탕평 속에서 이루어져야 합니다.

정 철 보수 세력의 탐욕과 사회모순이 극한에 이르지 않은 시기에 진보 세력이 혁명을 일으키면 이는 반역으로 여겨지지.

정여립 반역이란 말은 듣기 거북하군요.

정 철 반역은 결국 실패하고 마는 것이 세상의 이치.

정여립 불의에 저항하는 것도 세상의 이치요. 무능하고 부패한 왕조에 저항하는 것도 지극히 옳은 일입니다.

정 철 그래서 그대는 정치를 할 수 없다오.

정여립 자고로 아무나 정치를 할 수 없는 이유는 민심을 하나로 만들기 어렵기 때문이지요. 성공한 임금과 실패한 임금이 갈라지는 것도 여기에 있었던 것입니다. 편을 가르고 자신들의 입맛에 맞출수록 지혜는 좁아지고 민심은 멀어지게 마련 아닙니까.

정 철 하늘이 내린 임금에 층하를 두오? 그대의 발언은 심히 우려되는 바가 있소.

정여립 호리지실 차이천리.(毫釐之失 差以千里) 대신들이 명심해야 할 문구입니다.

정 철 처음에 털끝만큼 잘못하면 나중에는 천 리만큼의 잘못으로 나타난다?

정여립 탕평의 새 정치 말입니다. 그래서 옛사람들이 뼈를 깎는

53

수양을 거친 선비들이 정치를 맡아야 한다고 말한 것 아니겠습니까.

정 철 조급함은 어떤 것도 이길 수 없소. 그대를 위해 권주가를 한 수 지어보리다. (시를 읊듯) '한잔 먹새 그려 또 한잔 먹새 그려. 그대가 죽은 후에는 곱게 꾸민 상여를 타고 많은 사람이 울며 따라가거나 지게 위에 거적 덮어 실려 가거나'

정여립 문장이 아주 고약합니다.

정 철 그대의 방자한 언행을 따라갈 수나 있겠소. 그저 권주가 일 뿐이니 개의치 마시게. (시를 읊듯) '하물며 무덤 위에 원숭이가 놀러 와 휘파람을 불 때 아무리 지난날을 뉘우친들 무슨 소용 있겠는가?'

ㅇ 정철의 시가 끝나면. 정여립이 크게 분노하며 일어선다.

정여립 나를 기만하다니 용서할 수 없다.

ㅇ 정철은 표정 변화 없이 큰 소리로 웃는다.
ㅇ 정여립이 칼을 빼 들고 정철을 긋는다. 그림자들 사라진다.
ㅇ 잠에서 깨는 정철.

정 철 아! (안도의 숨을 쉬고, 큰소리로) 박 서방, 박 서방. (허탈하게 내뱉으며) 박 서방은 돌아오지 않았지.

○ 정철이 머뭇거리는 사이, 송익필이 서둘러 들어온다.

송익필 대감 무슨 일이십니까?

정 철 내가 정여립에게 전한 서찰들을 기억하시오?

송익필 그걸 어찌 모르겠습니까.

정 철 그 서찰은 어찌 됐소?

송익필 진안현감을 떠보았으나, 행방을 찾을 수 없었습니다.

정 철 서두르세요. 그 서찰에 우리의 존망이 달려 있습니다.

○ 송익필이 인사하고 나간다. 어두워진다.

3장 〈복사꽃 피니 세상이 끝나〉

○ 걸인들이 유건을 쓴 젊은 선비 옷을 입고 한 줄로 길게 늘어서서
나온다. 몸을 구부려 앞선 자의 허리춤을 붙잡고 뱀처럼 흔들면
서 '복사꽃 피니 세상이 달래! 죽고 귀양 가고 파직되고 구금되고
세상만사 참으로 헛되구나! 고대광실 문전옥답 부귀영화 일장춘
몽이야!' 하며 휩쓸고 다닌다.

모 두 내 친국하리라.

선비(선조) 정여립의 자 옥남과 조카 이진길을 능지처참하라.

선비1 생원 양천회와 예조정랑 백유함이 이발, 이길, 정언신, 최

영경 등이 정여립과 밀교를 했다고 상소를 했사옵니다.

모 두   내 친국하리라.

선비(선조)   역적의 시체를 염하였으니, 이 역시 역적과 다를 바가 없다. 참봉 한백겸을 귀양보내라.

선비2   낙안 향교 유생 선홍복이 초사에서 이발, 이길, 백유양이 정여립과 연루되었음을 자백하였나이다.

모 두   내 친국하리라.

선비(선조)   수원부사 홍하신과 승문 권지정, 윤경립의 죄를 물어 파직하노라.

선비3   전라도 유생 정암수가 한효순, 정개청, 정언신 등 조정의 대신들이 이번 사건과 크게 연루되었음을 주장하는 상소를 냈나이다.

○ 걸인들이 제각기 울고, 웃고, 실성 발광하고, 술에 취하고, 토하는 행위들을 한다. 걸인들이 흩어진다.

○ 한쪽에서 선조가 나온다.

선 조   즉위 20년 동안 만백성을 도야 속에 포용하려 하였는데, 역적의 괴수가 사대부 반열에서 나올 것을 생각이나 했겠는가. (크게 숨을 쉬고) 이달 27일 동틀 무렵 이후 모반 대역과 자손으로 조부모·부모를 도모하여 죽였거나 아내와 첩으로 남편을 도모하여 죽였거나 노비로 주인을 도모하여 죽였거나 고독·염매로 도모하거나 고의로 살인하였거나 국가의 강상에 관계되거나 장오·강도·절도죄를 제외하고 잡범의 사죄 이하 도형 유형·부처·안치·충군된 자는 모두 용서하여 면제할 것이며, 관직에 있는 자는 각각 한 자급씩 올리고 자궁(資窮)된 자는 대가(代加)하라. 아, 천망이 죄인을 빠뜨리지 않아 이미 용서할 수 없는 죄인을 형벌로 다스렸고, 민심이 함께 기뻐하므로 새롭게 하는 특사의 은전을 거행한다.

ㅇ 어두워진다.

3막 〈정여립의 그림자〉
1장 〈미친 세상에서〉

○ 광희문 밖. 화톳불에 둘러앉은 남포졸·김포졸·고무래·버들고리.
○ 악도리·숫돌이마·희뜩머룩이는 여전히 시체를 함부로 들추며 뒤진다.
○ 김포졸은 남포졸을 의식하며 살핀다.

숫돌이마   여기에 정으래비도 있을까?

희뜩머룩이   멍충아, 내내 뭘 들었냐? 청계천 가서 귀때기 좀 씻어라.

숫돌이마   암만 들어도 모르겠어.

희뜩머룩이   역적질이 발각된 정으래비가 진안 죽도로 도망갔어. 관군들이 새까맣게 쫓아와. 겁이 나. 아, 이제 다 끝났다. 충복들을 칼로 베.

숫돌이마   그 담이 껄쩍지근혀. 어라, 나 혼자 남았네. 에이, 이참에 나도 죽어야지. 칼자루를 땅에 심고 자기 모가지를 콱, 박어서 죽었다고? 에이. 이게 뭐여.

남포졸   잡혀서 고신당할 것이 두려웠던 게지.

버들고리   진짜로 죽은 걸까요?

남포졸   당연하지. 시체도 궐까지 끌고 왔다니까.

숫돌이마   모가지를 장대에 꽂아서 말이어? 대롱대롱 대롱대롱.

남포졸   그렇지. 만조백관이 보는 앞에서 몸뚱이를 토막 쳐서 죽였지. 쏵쏵 씻은 사지는 조선 팔도에 조리돌리고.

고무래   (김포졸 보며) 그런데 왜 두벌주검을 했답니까?

김포졸   역모 꾀한 죄인 아닌가. 역적의 말로를 만백성에게 보여야겠지.

남포졸   모가지든 팔다리든 잘 떨어지는 것이 아니거든, (어느 시체의 머리를 들고) 이 모가지는 벤 것이 아니라, 썬 거여. 칼을 톱처럼 몇 번 왔다 갔다 하면 끊어지지. 정 안되면 (머리를 패대기치고) 돌로 내리치고.

버들고리   (악도리 보며) 잔인한 놈.

희뜩머룩이   (악도리·남포졸 보며) 그놈이, 그놈이여. (악도리가 으름장을 놓으면 급하게 고개를 돌리고) 근디, 아들만 산 것이 이상허지 않어? 혹시, 아들놈이 즈그 아버지랑 부하들을 싹 죽인 것 아녀.

버들고리   아들도 끌려와서 죽었네. 부모고 자식이고. 정으래비는 나릿님들 말씀처럼 그냥 자기가 죽었겠지.

숫돌이마   군사들한테 칼 맞아 죽은 것이 아닐까?

고무래   그건 더 말이 안 돼. 반역자 죽이믄 돈과 벼슬을 주는디, 안 죽였다고 할 이유가 없지.

버들고리   모르지 어떤 꿍꿍이가 있을지.

희뜩머룩이   그러믄 말이어. 암만 시월 바람이 차다고 혀도, 전라도 진안에서 한양까지 오고 가는 사이에 구더기가 자글자글 혔을 텐디, 그 시체가 확실하게 정으래빈지 아닌지 누가 어떻게 알어?

버들고리 맞아. 김 대감, 정 대감이 감나무 편인지 밤나무 편인지 어찌 알아. 자기들끼리 그랬다, 하면 그랬다가 되는 세상 아냐.

남포졸 니들은 대역죄인 정여립이 안 죽었다고 생각한다, 그거지?

○ 남포졸이 으름장을 놓으면, 모두 겁에 질려 고개를 끄덕인다.

고무래 아닙니다요. 우리는 인자 가봐야 긋는디요.

희뜩머룩이 이러다 첫 닭 울것네.

남포졸 아직 안 돼. 갈 생각 말고 가만히 있어.

고무래 뭣헌다고 우리를 붙잡으신데요? (밖에서 인기척이 있고) 거기 누구여?

버들고리 걸쇠 영감인가? 우리가 안 오니까 찾으러 왔나. 빨리 가자.

○ 버들고리·고무래·희뜩머룩이가 가려고 하면 맞은편에서 송익필이 커다란 술병을 들고 들어온다.

남포졸 누구냐? 사람이면 누군지 말하고, 귀신이면 썩 꺼져라.

송익필 사람이요. 수고가 많소.

김포졸 지금 시간에 여긴 무슨 일이요?

송익필 (시체들 앞에서 과장되게 통곡하고) 아이고, 아이고.

김포졸 지금 뭐 하는 건가?

송익필   (별일 없었다는 듯 앉으며) 이제 됐소. (사람들을 훑어보며) 어디 보자. 여긴 비렁뱅이들이시고만.

고무래   백성 대부분이 배고픈 시상서 거렁뱅이 아닌 놈이 어딧다요.

송익필   아무리 먹고사는 게 고달파도 헤적헤적해진 시체들을 들척인다는 게 말이 되나? 혹시 다른 이유가 있는 것은 아닌가?

버들고리   다른 이유요? 포졸 나릿님들이 자꾸 집에 못 가게 해서.

희뜩머룩이   이년이 실성했나. 저희는 그저 해진 옷이라도 얻어 입고, 제삿밥이라도 챙기려고.

김포졸   선비님은 뉘시오?

송익필   죽을 자리 찾아온 사람이오.

김포졸   죽을 자리?

송익필   다들 죽어 나가는 꼴에 나도 살고 싶지 않아서 먼저 죽은 사람들에게 술 한 잔 따라주고 나도 죽으려고.

　○송익필이 자연스레 술병의 술을 나누며 이야기를 이끈다.

버들고리   말이 참 슬프오.

송익필   나는 전라도 전주 땅에서 온 송 가일세. 역적이라고 불리는 정여립과 어릴 적부터 동무였지.

남포졸   (창을 들고 위협하며) 정여립?

송익필   날이 밝으면 신고하시게. 볏섬이라도 챙길 수 있을 것이

야. (남포졸이 계속 경계하면) 스스로 신분을 밝힌 이상 하고픈
말이나 하고 죽도록 놔두시오.

악도리 (다가오며) 우라질. 뭔 새똥 맞을 소리냐.

희뜩머룩이 나릿님, 우리는 이만 돌아가 보겠습니요.

남포졸 움막에 불이라도 지펴놨냐? 왜 이리 난리야.

송익필 자네들 혹시 대동이라는 말을 들어봤나?

고무래 (남포졸 보며) 오늘 밤 내내 귀에 종기 날만큼 들었습죠.

버들고리 역적 정으래비가 맨날 말하고 다녔다면서요.

송익필 그렇지. 혹시 이런 노래는 들어봤나? 목자망전읍흥.

희뜩머룩이 그 노래 모르는 백성이 있을라구요. 버들고리야, 니가 한
번 해 드려라.

김포졸 모두 그만둬. 이놈들이 어디서 역적질이야.

송익필 조선 땅에 인정이 사라졌다고 해도 지금만은 봐주게. 내
저승길 받아둔 사람 아닌가.

남포졸 알겠소. 어서 하시오. (김포졸 보며) 가만히 있게. 무슨 소릴
하나 들어나 보자고. (귀속말로) 알아야 뭐라도 말할 것 아
닌가.

김포졸 자네 정말 이럴 건가?

남포졸 내가 알아서 할 것이니, 자넨 가만히만 있게.

버들고리 근데, 선비님. 정으래비가 역적질한 것이 확실하지요?

송익필 누가 알겠는가. 반역을 물어보기도 전에 자결했다고 하지
않아.

버들고리 우리는 잘 몰라요. 선비님이 좀 알려 주세요.

송익필	그는 말솜씨가 좋았지. 그가 팥으로 메주를 쑨다고 해도 사람들은 고개를 끄덕였을 기야. 친히는 공믈. 능력 있는 사람이 왕이 돼야 한다고도 말했지. 혹 들어본 기억 없는가? 제발 내가 그를 기억할 수 있도록 해주게.
고무래	그 이름 발설허면 곧 저승인디, 누가 함부로 말하겠습니까요?
송익필	이번 일이 어찌 정여립 한 사람의 특이한 사상과 기행으로 일어난 사건이겠나. 명분과 신분 차별을 강조하는 주자성리학에 반발하는 사람들의 불만이 정여립이라는 인물로 극대화된 것이겠지.

ㅇ남포졸이 눈치를 보다가 몰래 빠져나간다. 김포졸이 뒤따른다.

희뜩머룩이	높은 양반이 우리헌테 잘해주는 것은 존디, 대체 뭔 말인지 모르겠네.
버들고리	그런데 정으래비가 했다는 말 있잖아. 능력 있는 사람이 임금을 해야 한다고.
희뜩머룩이	말질 함부로 하지 마라.
고무래	조심허고 말 것이 뭐 있어. 한 번 죽지 두 번 죽나. 젠장.
버들고리	임금은 하늘이 내리시는 거 아녀?
희뜩머룩이	당연허지. 무지렁이 백성 그 까짓게 뭘 안다고 임금을 정혀.
고무래	그 무지렁이들이 쌀 내고 포 내서 먹고 사는 게 임금이여.
희뜩머룩이	그믄 어째야 혀? 백성들헌티 좋은 놈 손들어라, 혀서 좋다

　　　　　　　　는 놈 많은 사람을 임금 시켜?

버들고리 　서로 임금 하겠다고 난리 나겠네. 참 웃기겠다.

희뜩머룩이 　그런 시상이믄, 닭이나 돼지나 개나 소나 다 정치허것다
　　　　　　　고 나서것지. 꼬꼬댁, 꿀꿀, 왈왈, 왈왈, 음메, 음메.

고무래 　그렇게 저렇게 뽑아 놓으면 뭐혀, 다 그놈이 그놈일 텐디.

송익필 　그는 언제나 이렇게 말했지. (정여립처럼) '사람과 사람의 높
　　　　　낮음이 없고, 서로 오가는데 문턱이 없고, 대문이 있지만,
　　　　　잠그지 않고 편안하게 사는 나라, 나는 그것을 대동의 세
　　　　　계라고 부르겠다.'

　　　ㅇ 고무래가 넋을 잃고 보다가 감동에 젖는다. 포졸들이 없는 것을
　　　　　확인하고, 송익필에게 큰절한다.

고무래 　선비님께 다시 인사 여쭙니다요. 저는 지난 왜란 때 장군
　　　　　님 모시던 의병이었습니다요.

송익필 　그랬구만. 반갑네, 반가워.

희뜩머룩이 　진짜 의병이었다고?

고무래 　원평이 고향이고요, 진안 죽도에서 연 향사회도 몇 번 나
　　　　　갔고요.

송익필 　그럼 대동계원이란 말인가?

고무래 　그렇지요. 누구나 대동계원이 될 수 있으니까요. 장군님
　　　　　생각허믄 지금도 가슴이 쿵쾅쿵쾅합니다요. 공사 천민 구
　　　　　별 않고 똑같이, 똑같이…. (정여립을 흉내 내며) '우리는 모두

똑같은 사람이다. 함께 먹고 함께 살며 한목숨을 가진 똑같은 사람이다. 대동의 이름으로 하나가 되라.'

송익필   맞네. 맞아. 정여립이 늘 하던 말이 그것이지. 그런데 한양은 어찌 왔는가?

고무래   장군님이 억울하게 돌아가셨다는 소식 듣고, 동료 몇이랑 버러지 같은 조정 대신들 숨통을 끊으려고 왔습니다만, 서릿발에 놀라서 원수는커녕 혼자 남아 고공살이만 하고 있습니다.

송익필   여기 광화문 밖에는 왜 왔는가?

고무래   혹 아는 사람 시신이라도 보믄 술이라도 한잔 올릴라고요.

ㅇ 악도리가 숫돌이마에게 뭔가를 지시한다. 숫돌이마가 밖으로 나간다.

송익필   그래. 사연 있는 사람들이 이곳으로 올 줄 알았지. 정여립을 마지막으로 본 것은 언젠가?

고무래   돌아가셨다는 소식 듣기 두어 달 전 입니다요.

송익필   (실망이 큰 듯) 자네들 여기서 있지 말고, 황해도로 가지.

고무래   어디 말씀이십니까?

송익필   구월산. 뜻을 함께하는 이들이 아직 있을 것이네. 혹, 한양에 다른 사람들은 없는가?

고무래   다들 흩어졌고. 서푼이라고 있는디. 반쯤 정신 나간. 갸는 장군님 동생댁 종년이었답니다요. 포도청 모진 고문에 입을 잘못 놀려서 어느 대감님 댁을 참살시켰다데요.

송익필 아, 그런 아픔이 있었구만.

희뜩머룩이 지도 있구만요. 지도, 전라도 남원 땅이 고향이구만요.

버들고리 나는 아무 관련도 없는데 어쩌지?

송익필 상관없네. 날이 밝으면 모두 구월산으로 가시게. 배는 곯지 않을 것이야.

희뜩머룩이 참말입니까요? 고맙습니다요.

ㅇ 모두 웃으며, 어두워진다.

ㅇ 반대편 밝아지면 김포졸을 남포졸이 붙들고 있다. 숫돌이마가 두
   사람의 대화를 엿듣는다.

김포졸 정말 밀고할 텐가?

남포졸 나를 따라오면 어떻게 해? 저놈들 붙들고 있어야지.

김포졸 정말 밀고할 테야?

남포졸 하찮은 목숨이야.

김포졸 하찮은 목숨이 어디 있나.

남포졸 처자식이 굶네.

김포졸 차라리 나를 신고하시게.

남포졸 자네를? 자네를 길삼봉이라고?

김포졸 그러시게.

남포졸 반역도당 정여립이가 죽고, 포졸로 잠입해서 동태를 살
         폈다? 미친놈, 별 헛소릴. 대체 저놈들이 뭐라고 그런

소릴 해.

김포졸   이런 세상에서 더 살기 싫어졌네.

남포졸   개똥밭에 굴러도 이승이 낫지.

김포졸   비렁뱅이나 고관대작이나 우리나 사는 꼴은 별반 차이도 없잖은가.

남포졸   정말 그렇게 생각하는가.

김포졸   나를 고변하게.

남포졸   내가 못할 줄 알아? (김포졸 주위를 돌면서) 길삼봉이는 비호같이 싸움을 잘한다고 했겠다. 그럼 내 창을 피해 봐라. 에잇.

　　○남포졸이 창으로 김포졸을 찌른다. 김포졸이 피하지 않고 왼쪽 다리를 찔린다.

남포졸   요놈 보게. 진짜로 죽을랑 갑네. 저 피 좀 보소. 정말로 세상 그만 살고 싶다는 말이야? 진짜 미쳤구만. 미쳤어.

　　○남포졸이 놀라서 김포졸의 피를 막는다. 자신의 몸에도 피가 묻는다.

김포졸   이 미친 세상에서 어찌 미치지 않고 살겠는가.

남포졸   그래. 내가 네놈 고변하고, 전주에서 왔다는 저 선비 놈이랑 거지 놈들 모두 고변할 거야.

김포졸　다른 사람들은 놔둬. 나만 잡아가시게.

남포졸　그렇게는 못 허지. 한 놈보다 두 놈, 세 놈, 여러 놈이 낫겠지.

김포졸　나만 밀고해. 그렇지 않으면 가만두지 않을 거다.

남포졸　(창으로 툭툭 건들면서) 다리까지 다쳤는데 어쩌려고, 길삼봉이는 보통 사람이 아니라고 했으니 신통력이라도 부려보든가. 길삼봉!

ㅇ 남포졸이 창으로 찌르면 김포졸이 창을 빼앗아 남포졸을 찌른다. 남포졸이 쓰러진다.

ㅇ 숫돌이마가 숨어서 그 모습을 보며 두려움에 떨다 내뺀다.

ㅇ 어두워진다.

2장 〈불길이 일고〉

ㅇ 광희문 밖. 송익필·고무래·희뜩머룩이·버들고리가 둘러앉아 이야기를 나누고, 악도리가 좀 떨어진 곳에서 이들을 보고 있다.

ㅇ 보따리를 맨 걸쇠가 나온다. 송익필을 보고 뒷걸음질을 친다.

송익필　(놀라며) 자, 자네…, 박 서방 아닌가.

희뜩머룩이　박 서방?

걸　쇠　대, 대감마님. 어찌 이런 복색으로.

희뜩머룩이 대감마님?

송익필 내가 묻고 싶네.

○ 고무래·희뜩머룩이·버들고리가 송익필과 걸쇠를 번갈아 본다.

송익필 (걸쇠의 손을 잡아끌며) 반가운 청은 다음에 하고.

○ 송익필이 걸쇠를 끌고 한쪽으로 간다.

송익필 자네에게는 걸인 행세를 하라고 명을 내리신 건가? (눈치를 보며) 자네, 정여립에게 서찰은 잘 보였던 게지. 두 번 다 빠짐없이.

걸 쇠 진안현감에게 듣지 않으셨는지요?

송익필 들었네. 그자가 정여립을 죽였다는 말도 했으나, 그조차 믿을 수 없었네. 그래서 이렇게.

걸 쇠 시신을 능지처참까지 했다고 들었습니다.

송익필 이미 목이 잘려나간 시체를 흙과 피범벅이 된 채 끌고 왔네. 그게 누구인지 어찌 알겠나.

걸 쇠 그럼 정여립 대감이 살아 있다는 말씀입니까?

송익필 아니야. 분명 죽었을 거야. 그런데 서찰의 행방은 찾았는가?

걸 쇠 예?

송익필 자네가 전한 서찰이 감쪽같이 사라졌어.

걸 쇠 소인은….

송익필　서찰을 꼭 찾아야 하네. 나도 서찰과 정여립의 흔적들을
　　　　찾아다니고 있다네.

걸　쇠　그 서찰은 정여립 대감이 불살라 버리지 않았을까요?

송익필　그럴 일 없네. 그자는 자신에게 온 서찰을 모두 간직하는
　　　　버릇이 있거든. 동인들에게 서찰이 들어가면 정철 대감은
　　　　무사하지 못할 거야.

걸　쇠　그럼 그 서찰이?

송익필　(고개를 끄덕이고) 내가 방금 저자들 속에서 또 다른 역모자
　　　　들을 찾아냈지. 자네도 짐작은 하고 있었지? 내가 군사들
　　　　을 데려오겠네. 자네는 저자들을 붙들고 있게.

　　　O 송익필이 서둘러 나간다. 걸쇠가 주저앉는다.
　　　O 고무래, 희뜩머룩이가 걸쇠에게 다가온다.

희뜩머룩이　영감, 고무래가 진짜 의병이었데요.

고무래　선비님이랑은 어떻게 아는 사인가요?

희뜩머룩이　나도 이 생활 청산하고 (속삭이듯) 구월산 가서 반역 할라고
　　　　요. 거그 가믄 배는 안 곯는다고.

걸　쇠　누가 그런 말을 하던가?

버들고리　저 선비님이요.

걸　쇠　아! 내 업보가 크다.

악도리　우라질. 도대체 무슨 말인지 알다가도 모르겠다.

걸　쇠　(고무래 보며) 혹시 정여립 대감과 관련된 편지나 책이나 무

엇이든 가진 것이 있는가?

버들고리 편지랑 책?

고무래 글자도 모르는디 무슨 책이랑 편지요?

걸 쇠 (허탈하게 웃으며) 글자를 모르니 오히려 다행이구나.

버들고리 왜? 무슨 일인데?

고무래 도대체 무슨 일인지 말을 해 줘야지.

걸 쇠 명심해라. 군졸들이 몰려와서 정여립을 아느냐고, 의병 노릇 했냐고 물으면, 절대 그런 일 없었다고, 그런 말 한 적도 없었다고 말해라.

희뜩머룩이 대체 무슨 일이데요?

걸 쇠 방금 다녀간 사람은 정철 대감의 심복인 서인의 송익필 대감이다. 지금 관군을 부르러 갔다.

희뜩머룩이 관군이요?

걸 쇠 (고무래 보며) 정여립 대감을 안다고 했다면서.

고무래 그게 사실이니까요.

걸 쇠 나는 정철 대감마님의 가노였다. 무고한 사람들이 죽어가는 것을 보고, 내가 얼마나 큰 잘못을 했는지 깨달았지. (보따리에서 책을 꺼내며) 이게 정여립 대감이 나에게 주신 책이다. 세상을 떠돌면서도 놓지 않았지.

고무래 그런데 지금 이걸 왜 꺼내 놓는 겁니까?

악도리 우릴 다 죽이려고 그러는 거야?

걸 쇠 (책을 가슴에 안고) 태우려는 거다. 없애야 해. 아니면 더 많은 사람이 죽어. 그리고 너희들 기억에 있는 정여립 대감의

초상도 모두 지워라.

O 걸쇠가 화톳불에 책을 찢어 태우려고 한다.

악도리   멈춰! (책을 빼앗고) 이 책만 있으면 한몫 챙길 수 있다는 거
잖아.

희뜩머룩이   무슨 말이여? 걸쇠 영감을 고발이라도 하겠다고?

악도리   아니. 너희 모두를 고발할 거다.

버들고리   우리가 무슨 죄가 있다고?

악도리   걱정마라. 고신 받으면 없는 죄도 실토한다더라.

O 고무래가 악도리에게 달려들지만, 소용없다.

악도리   조금 있으면 관군들이 올 거다. 진즉 숫돌이마를 보냈
거든.

O 왼쪽 다리를 감싼 김포졸이 나와 악도리와 싸움을 벌인다. 악도
리가 쓰러진다.

O 걸쇠·고무래·버들고리·희뜩머룩이가 긴장하며 김포졸을 경계
한다.

김포졸   그럴 것 없소. (품에서 서찰을 꺼내 걸쇠에게 던지며) 함께 태우
시오.

고무래 이게 뭡니까?

김포졸 묻지 마시오.

희뜩머룩이 다른 나릿님은?

김포졸 죽었소. 우리를 모두 고변한다기에 어쩔 수 없었소.

걸 쇠 (서찰을 펼쳐보고 놀라며) 이, 이건!

김포졸 정여립 대감이 진안 죽도에서 마지막으로 받았던 편지요. 송강 정철의 이름이 새겨진. 진안현감에게 빼앗아 간직하고 있었지.

걸 쇠 (한탄하며) 내 억겁이로다! (무릎을 꿇고) 역모가 고해지던 날, 내가 정여립 대감에게 정철 대감마님의 서찰을 전했소. 며칠 뒤 진안현감과 함께 죽도에 계신 대감을 찾아가 두 번째 서찰을 전했지. (서찰을 쥐고) 이것만 있으면 정철 대감마님도… 사약을 받겠지.

김포졸 이제 그만 하시오.

걸 쇠 정… 철은 여우같은 음모를 품었소. 독하기가 칼날보다 더하오. 정여립 대감의 원한을….

김포졸 (걸쇠의 손을 잡고) 이제 그만. 아픈 역사를 되풀이하지 맙시다.

걸 쇠 아! 생각할수록 기막히다.

김포졸 패자에게는 어떤 누명을 씌워도 항변할 길이 없는 법. 훗날 정여립을 떠올리는 자가 있다면 새로운 역사가 쓰이겠지.

걸 쇠 (주저앉고) 그대가 길삼봉이요?

김포졸　길삼봉은 어디에도 없소. 아니, 길삼봉은 어디에나 있소. 길삼봉을 믿는 백성 모두가 길삼봉이오.

걸　쇠　패공이 죽었으나, 천하에 어찌 패공 될 사람이 없겠는가.

　　　ㅇ 죽은 자를 위로하는 듯한 음악이 들린다.
　　　ㅇ 걸쇠가 책을 찢어 태우기 시작한다.

걸　쇠　억울한 죽음이 없도록 대감님의 흔적을 훨훨 날립니다. (마지막 남은 한 장을 보며) '천하의 주인은 천하에 있거늘 천하를 어찌 어느 한 사람의 것이라 하겠는가. 천하는 누구의 것도 아니다. 천하는 만백성의 것이다,'

　　　ㅇ 고무래가 허리에 찬 술병의 술을 불길에 끼얹는다.
　　　ㅇ 고무래·희뜩머룩이·버들고리·김포졸이 불길에 절을 한다.

고무래　정여립 장군님, 편히 가시옵소서.

모　두　편히 가시옵소서.

걸　쇠　정여립 대감마님, 영면하소서.

　　　ㅇ 걸쇠가 서찰을 들고 불 속으로 뛰어든다. 불길이 더 크게 일어난다.
　　　ㅇ 모두 놀라서 보는 사이, 정신을 차린 악도리가 몽둥이로 김포졸을 기절시킨다. 김포졸이 쓰러진다. 고무래가 악도리에게 달려든

다. 힘에 부친다. 정신을 차린 김포졸이 악도리의 왼쪽 다리를 창
으로 찌른다. 쓰러지는 익도리. 불길은 더 거세지고.

○ (E) "잡아라. 역적의 잔당들이 저기 있다. 역도들의 상장군 길삼
봉을 잡아라."

○ 김포졸·고무래·버들고리·희뜩머룩이는 도망친다.

○ 숫돌이마가 포졸들을 데리고 나온다.

○ 악도리가 왼쪽 다리에서 피를 흘리며 선다.

포졸들　　길삼봉을 잡아라. 길삼봉이 어디 있느냐?

악도리　　저, 저쪽으로 도망갔다. 저쪽으로.

포졸들　　(숫돌이마 보며) 길상봉은 왼쪽 다리에 부상을 입었다고 했
지? (악도리를 가리키며) 저놈이 길삼봉이냐? 저놈이 길삼봉
이지?

숫돌이마　(머뭇거리다가 고개를 끄덕이고) 저, 저놈입니다.

악도리　　숫돌이마, 지금 무슨 소릴 하는 거냐. 내가 길삼봉이라고?

숫돌이마　저놈이 길삼봉 맞아요. (큰소리로) 길삼봉이 여기 있다! 길
삼봉이 여기 있다!

포졸들　　길삼봉을 잡아라!

○ 불길이 거세진다.

○ 어두워진다.

에필로그 〈내가 정여립이오〉

○ 추국청. 카랑한 호통 소리와 고고한 신음, 비명이 크다.

○ 정철이 고무래·버들고리·희뜩머룩이에게 형문을 한다.

○ 악도리와 숫돌이마가 바닥에 피투성이가 된 채 쓰러져있다.

○ 서푼이는 '목자망 전읍흥 상생모총 가주위주~'를 흥얼거리며 영 혼처럼 곳곳을 떠돌아다닌다.

○ 무대 한쪽에서 서서히 정여립의 그림자가 나온다.

정 철 너희는 전하를 능멸한 역적이다. 조선의 삼강오륜을 짓밟 은 역적이다. 흉측한 역적의 무리를 난타하라! 척살하라!

버들고리 군정이 문란하고, 흉년으로 도적이 횡행하는 이 시절에 누군들 역적이 아니리까.

희뜩머룩이 하도 억울허고 억울혀서 열두 번을 고쳐 죽어도 쉽게 눈 감지 못하리다.

고무래 나는 반역이 아닌 반국을 하였소. 반국은 먹고 입는 것이 넉넉한 것이오.

정 철 저놈들의 머리를 잘라 효수하고, 팔과 다리는 팔도에 돌 려 만백성이 보게 하라. 왕업과 조정의 지엄함을 깨우치 게 하라.

정여립 오늘 우리는 죽지만, 이름도 모르고 얼굴도 모르는 백성

의 목숨들은 메아리가 되어 온 산천을 휘감아 스며들 것
이니, 수천수만의 정여립이 다시 오리라. 내동의 이름으로
다시 오리라.

○ 고무래·버들고리·희뜩머룩이가 '내가 정여립이다'라고 반복
　한다.
○ 정여립의 그림자가 사라진다.
○ 송익필이 뛰어 들어온다.

송익필 길삼봉이 잡혔습니다. 길삼봉은 경남에 사는 최영경이었
습니다. 그 자의 호가 삼봉! 지금 이곳으로 압송하고 있습
니다.

○ 정여립이 사라진 자리에 '어린 정여립'이 무릎을 꿇은 채 책을 읽
　고 있다.

정여립(어린) 임금을 섬기지 않는다는 것은 왕촉이 한때 죽음에 임하여
한 말이지 성현의 통론은 아니다. 유하혜는 누구를 섬긴
들 임금이 아니겠는가 하였고, 맹자는 제선왕과 양혜왕에
게 왕도를 하도록 권했는데 이들은 성현이 아닌가? 인생
천지간에 누구나 천자가 될 수 있다.

○ 선조가 어린 정여립의 반대편에서 나와 서성인다.

○ '어린 정여립' 뒤로 정여립이 서서히 나온다.

선 조 길삼봉이 잡혔다? 길삼봉이 실제 있었다? 이번 역모의 괴
수라? 그렇다면 정여립은 또 무엇이냐? (차분하게) 전주는
조종의 어향이니 전주에 있는 정여립 조부 이상의 분묘를
낱낱이 파내어 그 족인으로 하여금 이장토록 하고 그의
멀고 가까운 족류들도 모두 전주에서 내쫓아 다른 고을에
서 살도록 하라.

정여립(어린) 사람과 사람의 높낮음이 없고, 서로 오가는데 문턱이 없
고, 대문이 있지만, 잠그지 않고 편안하게 사는 나라, 나는
그것을 대동의 세계라고 부르겠다.

○ 어린 정여립과 정여립, 심문받는 이들이 한목소리로 읊는다.

모 두 천하의 주인은 천하에 있거늘 천하를 어찌 어느 한 사람
의 것이라 하겠는가. 천하는 누구의 것도 아니다. 천하는
만백성의 것이다.

○ 글 읽는 소리가 반복되면서 갈수록 커진다.

한국 희곡 명작선 120

정으래비

초판 1쇄 인쇄일   2022년 11월 1일
초판 1쇄 발행일   2022년 11월 7일

지 은 이   최기우
만 든 이   이정옥
만 든 곳   평민사
          서울시 은평구 수색로 340 〈202호〉
          전화 : 02) 375-8571 / 팩스 : 02) 375-8573
          http://blog.naver.com/pyung1976
          이메일 pyung1976@naver.com
등록번호   25100-2015-000102호
ISBN   978-89-7115-061-0 04800
          978-89-7115-663-6 (set)
정   가   8,000원

이 책은 사단법인 한국극작가협회가 한국문화예술위원회의 2022년 제5회 극작엑스포
지원금을 받아 출간하였습니다.